COLL

Roald Dahl

L'invité

*Traduit de l'anglais
par Maurice Rambaud*

Gallimard

Cette nouvelle est extraite du recueil
La grande entourloupe (Folio n° 1520)

Roald Dahl est né en 1916 au pays de Galles dans une famille norvégienne aisée. Après ses études, il part pour Mombasa au Kenya où il travaille dans la compagnie pétrolière Shell. En 1939, il s'engage dans la Royal Air Force comme pilote de chasse et échappe miraculeusement à un terrible accident dans le désert, avant d'être réformé en 1942 avec le grade de commandant. Il est alors nommé à l'ambassade de Grande-Bretagne à Washington où il commence à écrire. Il abandonne tout pour se consacrer à l'écriture de nouvelles humoristiques et fantastiques, souvent extravagantes. En 1953, il épouse l'actrice Patricia Neal avec laquelle il aura cinq enfants. C'est pour eux qu'il se met à inventer des histoires plus longues et plus souriantes, qu'il publie à partir des années 60. Il débute donc dans la littérature de jeunesse avec *Charlie et la chocolaterie,* puis avec une série de best-sellers dans lesquels les adultes ont rarement le beau rôle, parmi lesquels *Le Bon Gros Géant, Dany le champion du monde, Matilda,* etc. Parallèlement à ces contes pour enfants, il écrit des nouvelles à l'humour féroce comme *Kiss Kiss* ou *Bizarre ! Bizarre !* recueil de nouvelles fantastiques, *La grande entour-*

loupe, dont est tiré *L'invité,* en 1976, *Mon oncle Oswald, L'homme au parapluie,* une histoire aussi stupéfiante qu'amusante. Il est également l'auteur de scénarios, comme *On ne vit que deux fois* de Lewis Gilbert et de deux textes autobiographiques : *Moi, boy* et *Escadrille 80.* En 1983, Roald Dahl et Patricia Neal divorcent après trente ans de mariage et l'écrivain se remarie avec Felicity. Roald Dahl a écrit tous ses livres dans une cabane, au fond du verger à pommes d'une maison grégorienne de Great Missenden. C'est là qu'il meurt le 23 novembre 1990 et qu'il est enterré. Depuis la mort de son mari, Licey Dahl gère la fondation Roald Dahl, qui se consacre à des causes chères à l'écrivain : la neurologie, la dyslexie, l'illettrisme et l'encouragement à la lecture.

Son œuvre si grande séduit encore petits et grands qui ont réussi à garder une âme d'enfant, comme Roald Dahl lui-même.

Voici quelque temps, les messageries du chemin de fer firent livrer une grosse caisse en bois devant ma porte. L'objet, remarquablement robuste et bien construit, était fait d'un bois dur rouge foncé, qui ressemblait à de l'acajou. Le soulevant à grand-peine, je le plaçai sur une table du jardin et l'examinai soigneusement. L'inscription portée sur un des côtés spécifiait qu'il avait été expédié d'Haïfa et embarqué sur le cargo *Waverley Star*, mais je cherchai sans succès le nom et l'adresse de l'expéditeur. J'essayai de deviner qui, parmi les gens que je connaissais à Haïfa ou dans la région, avait bien pu avoir envie de m'envoyer un aussi somptueux cadeau. En vain. Je gagnai le hangar à outils, sans cesser de ruminer le mystère, et revins muni d'un marteau et d'un tournevis. Puis j'entrepris de soulever délicatement le couvercle de la caisse.

Surprise, elle était remplie de livres ! Des livres

extraordinaires ! Je les sortis tous, un à un (sans pour le moment en ouvrir aucun) et les empilai en trois gros tas sur la table. Il y avait en tout vingt-huit volumes, et indiscutablement, ils étaient très beaux. Tous identiques, reliés en somptueux maroquin vert, ils portaient, dorés aux petits fers sur le dos, les initiales O. H. C. et un chiffre romain (de I à XXVIII).

Je saisis le premier qui s'offrit à moi, le volume XVI, et je l'ouvris. Les pages de papier blanc uni étaient couvertes d'une petite écriture nette et soignée, à l'encre noire. Sur la page de garde figurait une date, « 1934 ». Rien d'autre. Je pris un autre volume, le XXI. Lui aussi était manuscrit et de la même écriture, mais la page de garde portait la date « 1939 ». Je le posai et sortis le volume I, espérant y trouver quelque chose en guise de préface, voire même le nom de l'auteur. Je n'y trouvai en fait qu'une enveloppe glissée sous la couverture. Je sortis la lettre qu'elle contenait et me hâtai de jeter un coup d'œil à la signature. Je lus : *Oswald Hendryks Cornelius.*

L'oncle Oswald !

Aucun des membres de notre famille n'avait reçu de nouvelles de l'oncle Oswald depuis plus de trente ans. La lettre était datée du 10 mars 1964, et jusqu'à son arrivée, nous n'avions pu que supposer qu'il était toujours de ce monde.

En réalité on ne savait rien de lui, sinon qu'il habitait la France, voyageait énormément, menait une existence fascinante, mais scandaleuse de riche célibataire et refusait obstinément d'avoir le moindre contact avec sa famille. Le reste n'était que rumeurs et on-dit, mais des rumeurs si fantastiques et des on-dit si exotiques que, pour nous tous, Oswald était depuis longtemps devenu un héros auréolé de gloire et un personnage de légende.

« Mon cher enfant, débutait la lettre, je crois que tes trois sœurs et toi êtes mes plus proches parents en ligne directe encore de ce monde. Vous êtes du même coup mes héritiers légitimes, et comme je n'ai jamais fait de testament, tout ce que je laisserai à ma mort vous reviendra. Hélas, je n'ai rien à laisser. J'ai possédé pas mal de choses autrefois, et le fait que je m'en sois tout récemment débarrassé comme je l'entendais ne vous regarde pas. En guise de consolation, pourtant, je vous envoie mon journal. J'estime, en effet, qu'il ne devrait pas sortir de la famille. Il couvre les meilleures années de ma vie et cela ne vous fera pas de mal de le lire. Mais si vous le laissez circuler ou le confiez à des mains étrangères, ce sera à vos risques et périls. Et si vous le publiez un jour, eh bien, j'imagine que cela entraînera votre perte et du même coup celle de votre éditeur. Car vous devez le

11

comprendre, des milliers d'héroïnes auxquelles je fais allusion au fil de ce journal ne sont encore qu'à demi mortes, et si vous étiez assez fous pour éclabousser la blancheur virginale de leurs réputations en publiant ces pages scandaleuses, elles se feraient en moins de rien apporter vos têtes sur un plateau d'argent et les mettraient à rôtir pour faire bonne mesure. Je ne t'ai rencontré qu'une seule fois. C'était il y a bien des années, en 1921, quand ta famille habitait cette grande et affreuse maison du pays de Galles. J'étais ton grand-oncle et toi un tout petit garçon, de cinq ans environ. Je ne pense pas que tu te souviennes de la jeune gouvernante norvégienne qui s'occupait de toi à l'époque. Une fille remarquablement propre et bien bâtie, et à la silhouette exquise malgré l'uniforme au plastron blanc ridiculement empesé qui cachait sa ravissante poitrine. L'après-midi où je vous rendis visite, elle devait t'emmener cueillir des jacinthes dans la forêt, et j'exprimai le désir de vous accompagner. Lorsque nous nous fûmes enfoncés dans les bois, je te promis de te donner une barre de chocolat si tu te montrais capable de retrouver seul ton chemin pour rentrer. Ce que tu fis (voir volume III). Tu étais un garçon plein de bon sens. Adieu — Oswald Hendryks Cornelius. »

La soudaine arrivée du journal mit la famille

entière au comble de l'émoi, et ce fut à qui le lirait le premier. Nous ne fûmes pas déçus. La matière du récit était surprenante — désopilante, spirituelle, émoustillante, et en même temps souvent très émouvante. L'homme était d'une vitalité incroyable. C'était un perpétuel errant qui passait de ville en ville, de pays en pays, de femme en femme, et entre deux femmes, il partait à la chasse aux araignées au Cachemire ou dénichait un vase de porcelaine bleue à Nankin. Mais les femmes avaient toujours la priorité. Où qu'il allât, il laissait une interminable cohorte de femmes dans son sillage, des femmes transportées d'affliction et d'extase mais ronronnantes comme des chattes.

Vingt-huit volumes d'exactement trois cents pages chacun, cela en fait de la lecture, et rares sont ma foi les auteurs capables de tenir leurs lecteurs en haleine sur cette distance. Oswald, lui, le pouvait. On eût dit que jamais le récit ne perdait de sa saveur, le rythme se ralentissait rarement et, presque sans exception, chaque morceau, long ou court, quel qu'en fût le sujet, se révélait être une petite merveille inédite qui formait en soi une entité. Et au bout du compte, une fois lue la dernière page du tout dernier volume, on se retrouvait avec le sentiment quelque peu époustouflant d'avoir peut-être entre les mains une des œuvres autobiographiques majeures de l'époque.

Pour qu'il l'eût considérée uniquement comme une autobiographie amoureuse, aucun doute alors qu'elle aurait été sans rivale. Par comparaison, les *Mémoires* de Casanova font figure de Bulletin paroissial, et à côté d'Oswald le célèbre séducteur lui-même paraît positivement asexué.

Socialement parlant chaque page était bourrée de dynamite ; sur ce point, Oswald avait raison. Mais là où il se trompait, c'était de croire que les explosions seraient toutes provoquées par les femmes. Que dire de leurs maris, les moineaux humiliés, les cocus ? Comme le moineau, le cocu, une fois dressé sur ses ergots, est en vérité un oiseau d'une férocité extrême, et on en verrait sortir par milliers des buissons si le journal de Cornelius, en version intégrale, voyait jamais le jour de leur vivant. Toute publication, en conséquence, était totalement hors de question.

Quel dommage, non ? Tellement dommage, en fait, que je me dis qu'il fallait à tout prix y remédier. Aussi m'installai-je à ma table pour relire le journal de la première à la dernière page dans l'espoir d'y découvrir ne fût-ce qu'un seul morceau complet susceptible d'être publié sans entraîner à la fois l'éditeur et moi-même dans de graves litiges. À ma grande joie, je n'en

14

découvris pas moins de six. Je les montrai à un homme de loi. Il déclara qu'à son avis ils « pouvaient » être « inoffensifs », mais refusa de s'en porter garant. L'un d'eux — l'Épisode du Désert du Sinaï — lui paraissait plus « inoffensif » que les cinq autres, ajouta-t-il.

C'est pourquoi j'ai décidé de commencer par celui-là et de l'offrir sans attendre au lecteur, au terme de cette brève préface. S'il est favorablement accueilli et que tout se passe bien, alors peut-être en ferai-je publier un ou deux autres.

L'épisode du Sinaï est emprunté au tout dernier volume, le numéro XXVIII, et est daté du 24 août 1946. À vrai dire, c'est le *tout dernier épisode* de ce dernier de tous les volumes, la dernière chose écrite par Oswald, et nous n'avons aucun témoignage sur ses faits, gestes et pérégrinations à compter de cette date. On ne peut que supputer. Vous aurez cet épisode mot pour mot dans un moment, mais tout d'abord, afin de vous aider à comprendre plus facilement certaines des choses qu'Oswald dit et fait au cours de son récit, permettez-moi d'essayer de vous parler un peu de l'homme lui-même. De l'amas de confessions et d'opinions que renferment ces vingt-huit volumes émerge une image passablement nette de sa personnalité.

À l'époque de l'épisode du Sinaï, Oswald Hendryks Cornelius avait cinquante et un ans, et bien entendu, il n'avait jamais été marié. «Je crains, avait-il coutume de dire, d'avoir été doté, je devrais dire plutôt affligé, d'une nature extra-ordinairement difficile.»

Par certains côtés c'était vrai, mais par d'autres, plus particulièrement sur le sujet du mariage, cette profession de foi était aux antipodes de la réalité.

La véritable raison qui avait poussé Oswald à refuser de convoler était simplement que, de toute sa vie, il n'avait jamais été capable de concentrer son intérêt sur une seule femme plus de temps qu'il ne lui en fallait pour en faire la conquête. Sitôt parvenu à ses fins, il s'en désin-téressait et se mettait en quête d'une nouvelle victime.

Un homme ordinaire n'en aurait pas pour autant considéré que c'était là une raison valable pour demeurer célibataire, mais Oswald n'avait rien d'un homme ordinaire. Il n'était même pas un polygame ordinaire. C'était, pour être franc, un coureur, à ce point lubrique et incorrigible qu'aucune épouse au monde ne l'eût supporté plus de quelques jours, pas même le temps d'une lune de miel — pourtant Dieu sait, elles ne manquaient pas celles qui n'au-raient pas demandé mieux que de tenter l'ex-périence.

C'était un homme grand et étroit de carrure,

à l'air frêle et vaguement esthète. Sa voix était douce, ses manières courtoises, et à première vue il ressemblait davantage à un page de la cour qu'à un vaurien notoire. Oswald ne se vantait jamais de ses exploits amoureux en présence d'autres hommes, et quelqu'un qui ne l'aurait pas connu aurait été incapable, même au terme d'une soirée passée à bavarder avec lui, de déceler la moindre lueur d'hypocrisie dans ses yeux bleus et limpides. C'était, pour tout dire, exactement le genre d'homme qu'un père aimant eût choisi pour ramener saine et sauve sa fille à la maison.

Mais qu'Oswald se retrouvât placé à côté d'une *femme*, d'une femme qui l'attirait, instantanément ses yeux changeaient et, dès qu'il la regardait, une redoutable petite étincelle se mettait à danser lentement au cœur même de chacune de ses pupilles ; et aussitôt il l'entreprenait en engageant la conversation, déversant sur elle un flot de propos subtils et sans aucun doute plus spirituels que tous ceux qu'on lui avait jamais tenus jusqu'alors. C'était là un de ses dons, un talent des plus singuliers, grâce auquel, quand il s'y appliquait, il pouvait embobeliner son auditrice dans la trame de son verbe jusqu'au moment où elle se retrouvait plongée dans un état de légère hypnose.

Mais ce n'était pas seulement son bagout ni

l'éclat de ses yeux qui fascinaient les femmes. C'était aussi son nez. Dans le volume XIV, Oswald inclut, avec un ravissement manifeste, un billet à lui adressé par certaine dame qui explique ce genre de choses par le menu détail. Il semble que lorsque Oswald se trouvait en état d'excitation sexuelle, quelque chose d'étrange se produisait aussitôt sur le pourtour de ses narines, une crispation des ailes, une palpitation visible qui dilatait les orifices et révélait les plaques de tissu rouge vif qui tapissaient l'intérieur des cavités. Le phénomène avait quelque chose de bizarre, de sauvage, d'animal, et bien que la description n'en soit peut-être pas des plus alléchantes, il faisait sur les femmes un effet magnétique.

Presque sans exception, toutes les femmes se sentaient attirées par Oswald. En premier lieu, c'était un homme qui n'acceptait pour rien au monde de se laisser posséder, ce qui le rendait automatiquement désirable. Ajoutez-y la combinaison rare d'une intelligence hors pair, d'une profusion de charme, et d'une réputation d'extrême libertinage, vous aurez une recette infaillible.

Par ailleurs, et en oubliant pour l'instant son côté équivoque et licencieux, il faut noter que la personnalité d'Oswald offrait un certain nombre d'autres facettes étonnantes qui suffisaient à faire de lui un être passablement fascinant. Par exemple, il eût été difficile de le prendre en défaut sur le chapitre de l'Opéra italien du XIXᵉ siècle, et on lui devait un curieux petit aide-mémoire consacré aux trois compositeurs Donizetti, Verdi et Ponchielli. Il y énumérait les noms de toutes les maîtresses qui avaient compté dans la vie de ces hommes, et s'attachait ensuite à analyser, sur un registre des plus sérieux, le rapport entre la passion créatrice et la passion charnelle, ainsi que leurs influences respectives l'une sur l'autre, en soulignant l'impact qu'elles avaient eu sur l'œuvre de ces compositeurs.

Par ailleurs Oswald vouait un intérêt passionné aux porcelaines de Chine et passait dans ce domaine pour une autorité de classe internationale. Il aimait par-dessus tout les vases bleus de la période Tchin Hoa, et avait rassemblé une petite, mais exquise, collection de ces pièces.

Il collectionnait aussi les araignées et les cannes.

Sa collection d'araignées, plus précisément sa collection d'arachnides, car y figuraient également des scorpions et des pédipalpes, était peut-être la plus complète jamais rassemblée en dehors des musées, et sur des centaines de genres et d'espèces il était d'une érudition impressionnante. Il soutenait, incidemment (et probablement avec raison), que la soie de l'araignée est supérieure en qualité à la substance tissée par les vers à soie et il refusait obstinément de porter des cravates faites d'une autre matière. Il en possédait en tout une quarantaine et, de manière à pouvoir démarrer sa collection et ensuite l'enrichir de deux nouvelles cravates par an, il était contraint d'élever des milliers et des milliers d'*aranéides* et d'*épeires* (espèce commune d'araignée des jardins que l'on trouve en Angleterre) dans une vieille serre installée au fond du jardin de sa maison de campagne située aux environs de Paris, où elles croissaient et se multipliaient approximativement à la même cadence qu'elles s'entre-dévoraient. Il se chargeait de récolter lui-même le fil vierge — personne d'autre n'aurait consenti à pénétrer dans cette horrible serre — qu'il expédiait à Avignon, où une fois dévidé, bobiné, dégorgé et teint, on se chargeait de le tisser. D'Avignon, le tissu était directement livré à la maison Sulka, que l'affaire enchantait et où l'on n'était que trop heureux de fabriquer des cravates dans une matière aussi rare et aussi extraordinaire.

« Mais vous n'allez pas me faire croire que vous aimez *vraiment* les araignées ? » disaient à Oswald les femmes qui lui rendaient visite lorsqu'il leur exhibait sa collection.

20

« Oh, mais si, je les adore, répondait-il. Surtout les femelles. Si vous saviez comme elles me rappellent certaines femelles de ma connaissance. Elles me rappellent en fait mes femelles favorites.

— C'est absurde, chéri.

— Absurde ? Certainement pas.

— C'est plutôt insultant.

— Bien au contraire, ma chère, je ne saurais faire à personne de plus grand compliment. Saviez-vous, par exemple, que l'araignée femelle devient si sauvage au cours de ses ébats sexuels que le mâle a une chance inouïe lorsqu'il s'en tire vivant. Il faut qu'il soit d'une agilité extrême et d'une ingéniosité merveilleuse pour ne pas se faire mettre en pièces.

— Tout de même, Oswald !

— Et le maïa femelle, ma bien-aimée, le petit maïa femelle gros comme rien, est capable d'une frénésie amoureuse à ce point redoutable que son amant doit l'enserrer dans tout un fouillis de boucles et de nœuds faits de son propre fil avant de se risquer à l'étreindre...

— Oh, *arrêtez*, Oswald, *sur-le-champ !* » s'écriaient les femmes, les yeux brillants.

Et puis, il y avait la collection de cannes d'Oswald. Toutes avaient appartenu à des personnages remarquables, soit par leurs mérites soit par leur ignominie, et il les conservait dans son appartement de Paris, où elles étaient exposées sur deux longs râteliers accrochés aux murs du couloir (ne devrait-on pas dire plutôt de l'autoroute ?) qui reliait la salle de séjour à la chambre à coucher. Au-dessus de chacune des cannes était fixée une petite plaque en ivoire, gravée d'un nom, Sibelius, Milton, le roi Farouk, Dickens, Robespierre, Puccini, Oscar Wilde, Franklin Roosevelt, Goebbels, la reine Victoria, Toulouse-Lautrec, Hindenburg, Tolstoï, Laval, Sarah Bernhardt, Goethe, Vorochilov, Cézanne, Tojo... Il y en avait peut-être plus d'une centaine, quelques-unes très belles, d'autres très ordinaires, certaines ornées de pommeaux d'or ou d'argent, ou encore de poignées courbes.

« Prenez la Tolstoï, disait Oswald à l'une de ses jolies visiteuses. Allez-y, prenez-la... parfait... et maintenant... frottez doucement votre paume sur la poignée qu'a polie et lustrée la main du grand homme. N'est-ce pas plutôt merveilleux, ce simple contact de votre peau avec cette surface ?

— Ma foi... mais oui, c'est merveilleux.

— Et maintenant prenez la Goebbels et faites de même. Attention, appliquez-vous. Laissez votre paume épouser étroitement la poignée... bon... et maintenant... maintenant appuyez-vous de tout votre poids, appuyez fort, exactement comme le faisait le petit docteur difforme... là...

voilà... bon, restez ainsi une ou deux minutes et dites-moi si vous ne sentez pas un mince doigt de glace ramper le long de votre bras et s'insinuer jusque dans votre poitrine?

— C'est terrifiant!

— Bien sûr que c'est terrifiant. Il arrive que des gens perdent complètement connaissance. Ils tournent de l'œil. »

On ne s'ennuyait jamais en compagnie d'Oswald, et peut-être était-ce là, plus que tout, la raison de son succès.

Nous en arrivons maintenant à l'épisode du Sinaï. Oswald, ce mois-là, s'était diverti en remontant par la route de Khartoum jusqu'au Caire, par petites étapes. Sa voiture était une magnifique Lagonda d'avant-guerre qu'il avait pris soin de laisser à l'abri dans un garage suisse pendant toute la durée du conflit, et vous vous en doutez, elle était équipée de tous les accessoires possibles et imaginables. La veille de son départ pour le Sinaï (le 23 août 1946) il se trouvait au Caire, où il logeait à l'hôtel Shepheard, et ce soir-là, grâce à une série de manœuvres éhontées, il avait réussi à jeter le grappin sur certaine dame mauresque d'origine soi-disant aristocratique, du nom d'Isabella. Il se trouvait par ailleurs que ladite Isabella était la maîtresse jalousement gardée de certain personnage royal célèbre par sa dyspepsie et ses mœurs dépravées (en ce temps-là, il y avait encore une monarchie en Égypte). L'aventure était typiquement oswaldienne.

Mais nous n'en sommes pas encore là. À minuit il conduisit la dame à Gizeh et la persuada de grimper avec lui au clair de lune sur la grande pyramide de Chéops.

« ... On ne saurait trouver d'endroit plus sûr, écrivait-il dans son journal, ni plus romantique, que le sommet d'une pyramide par une chaude nuit de pleine lune. Tout suscite l'émotion, non seulement la splendeur du paysage, mais aussi cette curieuse sensation de puissance qui nous envahit chaque fois que nous contemplons le monde d'un point très élevé. Et question de sécurité — cette pyramide fait exactement 146 mètres de haut, soit 35 mètres de plus que le dôme de la cathédrale Saint-Paul, et du sommet il est des plus facile d'en surveiller toutes les voies d'accès. On chercherait en vain dans le monde entier un autre boudoir offrant pareil avantage. De plus, aucun ne possède autant de sorties de secours, si bien qu'au cas où l'on viendrait à repérer la sinistre silhouette de quelque poursuivant en train d'escalader une des faces de la pyramide, il suffit d'en emprunter une autre pour se laisser glisser calmement et paisiblement jusqu'en bas... »

N'empêche que ce soir-là Oswald se tira d'affaire d'extrême justesse. D'une façon ou d'une autre, le palais avait dû avoir vent de la petite idylle, car Oswald, du haut de son altier pinacle éclairé par la lune, repéra soudain non pas une, mais *trois* sinistres silhouettes, qui investissaient la place de trois côtés différents et se mettaient à grimper. Mais heureusement pour lui, la grande pyramide de Chéops possède une quatrième face, et le temps que ces coupe-jarrets arabes parviennent au sommet les deux amants étaient déjà en bas et grimpaient en voiture.

Le passage daté du 24 août reprend l'histoire à ce point précis. Elle est reproduite ici mot pour mot et virgule pour virgule telle qu'Oswald l'écrivit. Rien n'y a été ni changé ni ajouté ni retranché :

24 août 1946

« Et maintenant, si jamais il attrape Isabella, il lui tranchera la tête, dit Isabella.

— Foutaises, répondis-je, mais j'aurais parié qu'elle avait sans doute raison.

— Et à Oswald aussi, il tranchera la tête, reprit-elle.

— Certainement pas, ma chère. Au lever du jour, je serai loin d'ici. Je pars immédiatement pour Louxor par la route qui longe le Nil. »

Je conduisais vite et les Pyramides s'éloi-
gnaient derrière nous. Il était environ deux
heures du matin.

« Louxor ? dit-elle.

— Oui.

— Et vous emmenez Isabella.

— Non, dis-je.

— Si, dit-elle.

— Il est contraire à mes principes de voyager
en compagnie d'une dame », coupai-je.

J'apercevais des lumières devant nous, celles
de l'hôtel Mena, où descendent les touristes qui
ont envie de passer la nuit dans le désert, non
loin des Pyramides. Je poursuivis ma route, mais
arrivé à proximité de l'hôtel, j'arrêtai la voiture.

« Je vais vous laisser ici, dis-je. Nous avons
passé un moment fort agréable.

— Ainsi, vous refusez d'emmener Isabella à
Louxor ?

— Je le crains, dis-je. Allez, en bas. »

Elle entreprit de s'extirper de la voiture, puis
s'arrêta, un pied sur la route, et pivotant brusquement, déversa sur moi un torrent de paroles,
si ordurières et pourtant si spontanées que je
n'avais rien entendu de pareil sortir de la
bouche d'une dame depuis... depuis 1931, à
Marrakech, le jour où la vieille duchesse de Glasgow, la goulue, avait plongé la main dans une
boîte de chocolats et s'était fait piquer par un

26

scorpion que j'avais cru y mettre à l'abri...
(vol. XIII, 5 juin 1931).

« Vous me dégoûtez », dis-je.

Isabella sauta sur la chaussée et claqua la portière, si fort que la voiture tressauta sur ses roues. Je m'éloignai à toute allure. Dieu merci, j'étais débarrassé d'elle. Je ne peux pas supporter les mauvaises manières chez une jolie fille.

Tout en conduisant, je gardais un œil sur le rétroviseur, mais pour le moment il semblait qu'aucune voiture ne me suivît. Parvenu dans les faubourgs du Caire, je me lançai dans le dédale des petites rues, pour éviter le centre de la ville. Je ne me tracassais pas outre mesure. Il était peu probable que les sbires royaux essaient de pousser l'affaire plus avant. Néanmoins, il eût été pour l'heure risqué de retourner au Shepheard. Ce n'était pas indispensable d'ailleurs, dans la mesure où tous mes bagages, à l'exception d'une petite valise, se trouvaient avec moi dans la voiture. Lorsque je sors le soir dans une ville étrangère, je ne laisse jamais mes valises derrière moi dans ma chambre. J'aime pouvoir bouger vite.

Je n'avais aucune intention, naturellement, de me rendre à Louxor. Ce que je voulais maintenant, c'était quitter pour de bon l'Égypte. Le pays ne me plaisait pas du tout. Réflexion faite, il ne m'avait jamais plu. Je m'y sentais mal dans ma peau. À cause de toute cette saleté, je crois bien, et des odeurs putrides. Mais, autant voir les choses en face, il s'agit à dire vrai d'un pays plutôt répugnant; et je soupçonne fortement les Égyptiens, bien que j'aie horreur de le dire, d'être, de tous les habitants de la planète, ceux qui se lavent avec le moins de soin — à l'exception peut-être des Mongols. En tout cas je n'apprécie pas la façon dont ils font la vaisselle. Croyez-le ou non, mais hier, sur le rebord de la tasse que l'on a posée devant moi au petit déjeuner, il y avait une trace de lèvres, longue, croûteuse, couleur café. Pouah ! C'était immonde ! Je n'ai pas pu en détacher mes yeux ni cesser de me demander à qui appartenait la lippe baveuse qui avait commis le forfait.

Je traversais maintenant les petites rues sales de la banlieue est du Caire. Je savais exactement où j'allais. J'avais pris ma décision en redescendant de la pyramide et à mi-distance du sommet, avant même donc de quitter Isabella. J'allais à Jérusalem. C'était quasiment à deux pas, et c'était une ville que j'avais toujours aimée. En outre, c'était le moyen le plus rapide pour sortir d'Égypte. Je comptais m'y prendre comme suit :

1. Du Caire à Ismaïlia. Trois heures de voiture environ. Comme d'habitude, chanter un

air d'opéra en route. Arrivée à Ismaïlia, 6 ou 7 heures du matin. Prendre une chambre et dormir deux heures. Ensuite se doucher, se raser, et commander le petit déjeuner.

2. À 10 heures du matin, franchir le canal de Suez au pont d'Ismaïlia et prendre la route du désert pour gagner la frontière palestinienne en traversant le Sinaï. En profiter pour chercher des scorpions dans le désert. Marge de manœuvre, quatre heures environ, ce qui signifie arrivée vers 2 heures de l'après-midi à la frontière palestinienne.

3. De là, continuer tout droit jusqu'à Jérusalem via Beersheba, et, donc, arrivée à l'hôtel King David à temps pour les cocktails et le dîner.

Il y avait plusieurs années que je n'avais pas emprunté cette route, mais je me souvenais que le désert du Sinaï était un territoire à scorpions formidable. Je mourais d'envie de mettre la main sur un autre opisthophtalmus femelle, un gros. Le spécimen en ma possession était amputé du cinquième segment de sa queue et il me faisait honte.

Il ne me fallut pas longtemps pour trouver la grand-route d'Ismaïlia, et dès que je m'y fus engagé, je poussai la Lagonda jusqu'à un bon petit cent dix à l'heure. La route était étroite mais dotée d'un revêtement en bon état et la circulation était nulle. Tout autour de moi s'étendait la campagne du Delta, désolée et sinistre sous le clair de lune, avec ses champs plats et dépourvus d'arbres, coupes de fossés, et partout la terre noire, très noire. C'était d'une tristesse indicible. Mais, *moi*, je ne m'en souciais pas. Je n'en faisais pas partie. J'étais complètement isolé dans ma petite coquille luxueuse, aussi douillette que celle d'un bernard-l'hermite, mais je me déplaçais beaucoup plus vite. Oh, comme j'aime les voyages, comme j'aime m'élancer vers de nouveaux horizons et de nouvelles gens en tournant le dos aux anciens ! Rien au monde ne saurait m'enthousiasmer davantage. Et comme je le méprise, le citoyen moyen, qui se fixe sur un minuscule coin de terre en compagnie d'une femme idiote, pour engendrer et moisir et pourrir dans cette triste condition jusqu'à la fin de ses jours. Et toujours en compagnie de la même femme ! Je ne peux tout simplement pas *croire* qu'un homme doué de toute sa raison puisse, jour après jour, année après année, supporter une femme et toujours la même. Bien sûr, certains n'y arrivent pas. Mais des millions font semblant d'y croire.

Pour ma part je n'ai jamais, absolument jamais laissé une relation intime se prolonger plus de douze heures. C'est l'extrême limite. Même huit heures, selon moi, c'est déjà tirer sur la ficelle. Tenez, avec Isabella, par exemple, regardez ce qui s'est passé. Tant que nous sommes restés au sommet de la pyramide, elle s'est montrée une vraie dame, pétillante d'esprit, aussi docile et enjouée qu'un jeune chiot et, l'eussé-je abandonnée là-haut à la merci des trois malfrats arabes pour filer tout seul, tout aurait été parfait. Mais j'avais eu la bêtise de ne pas la plaquer et de l'aider à redescendre, aussi, résultat, la charmante dame s'était muée en harpie, en une vulgaire putain immonde à contempler.

Dans quel monde vivons-nous donc! De nos jours, cela ne paie pas de se montrer chevaleresque.

La Lagonda poursuivait sans à-coups sa route à travers la nuit. Allons-y pour un opéra. Lequel cette fois? J'étais d'humeur à choisir un Verdi, *Aïda*, peut-être? Bien sûr! Ça ne pouvait être qu'*Aïda* — l'opéra égyptien! On ne peut plus approprié.

Je me mis à chanter. J'étais exceptionnellement en voix ce soir-là. Je me laissais aller. Je me sentais aux anges; et en traversant la petite bourgade de Bilbeis, j'étais devenu Aïda elle-même, chantant *Numi, pietà*, le superbe morceau qui clôt la première scène.

31

Une demi-heure plus tard, à Zagazig, j'étais Amonasro qui implore le roi d'Égypte d'accorder la vie aux captifs éthiopiens en chantant *Ma tu, Re, tu signore possente!*

À El Abassa, j'étais Radamès, poussant *Fuggiam gli ardori inospiti!* et c'est alors que je baissai toutes les vitres de la voiture en souhaitant que l'incomparable chant d'amour parvienne jusqu'aux oreilles des fellahs qui ronflaient dans leurs cahutes au bord de la route et se mêle peut-être à leurs rêves.

Lorsque je fis mon entrée dans Ismaïlia, il était six heures du matin et le soleil était déjà haut dans un ciel d'un bleu laiteux, mais moi, j'étais tout au fond de l'horrible oubliette murée, en compagnie d'Aïda, et chantais *O terra, addio; addio valle di pianti!*

Comme le voyage avait été court! Je m'arrêtai devant un hôtel. Le personnel commençait seulement à se secouer. Je les fis se secouer un peu plus et pris la meilleure chambre disponible. On aurait juré que les draps et la couverture avaient accueilli vingt-cinq Égyptiens crasseux pendant vingt-cinq nuits consécutives, aussi les arrachai-je de mes propres mains (qu'immédiatement après, je récurai avec du savon antiseptique) pour les remplacer par mon matériel de couchage personnel. Puis je remontai mon réveil et dormis deux heures à poings fermés.

Pour mon petit déjeuner je commandai un œuf poché sur toast. Lorsque le plat arriva — croyez-moi, rien que d'écrire ces mots, j'ai l'estomac qui se soulève — je vis, posé en diagonale sur le jaune de mon œuf poché, un *cheveu humain, un cheveu luisant, bouclé et noir jais*, de sept centimètres de long. C'en était trop. Quittant la table d'un bond, je sortis en trombe de la salle à manger. *Addio !* criai-je en lançant au passage une poignée de pièces au caissier, *addio valle di pianti !* Sur quoi, je secouai sur le seuil l'ignoble poussière de l'hôtel qui souillait mes sandales.

Cette fois, à moi le désert du Sinaï ! Je me délectais à l'avance du changement. Un vrai désert est l'un des lieux les moins contaminés du monde et le Sinaï ne faisait pas exception à la règle. La route qui le traversait était une étroite bande de goudron d'environ deux cent quatre-vingts kilomètres de long, avec, à mi-chemin, au point appelé B'ir Rawd Salim, un simple poste d'essence et un groupe de cahutes. À part ça, il n'y avait rien d'autre sur tout le trajet que le désert intégral et inhabité. Je savais qu'en cette période de l'année il ferait chaud, et il était indispensable d'emporter de l'eau en cas de panne. Aussi m'arrêtai-je devant une espèce d'épicerie-bazar dans la grand-rue d'Ismaïlia, pour faire remplir mon bidon de secours.

J'entrai et m'adressai au propriétaire. L'homme souffrait d'un trachome à l'état avancé. La granulation qui affectait les muqueuses inférieures des paupières était si marquée que les scrofules soulevaient très nettement les paupières elles-mêmes, dénudant les globes oculaires — ignoble spectacle. Je lui demandai s'il voulait bien me vendre quatre litres d'eau *bouillie*. Il me prit pour un fou, mais me crut plus fou encore lorsque j'exigeai de le suivre dans sa cuisine crasseuse au fond de la boutique pour m'assurer qu'il s'y prenait comme il convenait. Il remplit une bouilloire au robinet et la plaça sur un réchaud à pétrole. Le réchaud dégageait une minuscule flamme jaune et fumeuse. Le propriétaire paraissait très fier de son réchaud et de ses performances. Il resta planté devant, l'air admiratif, la tête penchée sur une épaule. Puis il insinua qu'il serait peut-être plus agréable pour moi de retourner attendre dans le magasin. Dès que l'eau serait prête, promit-il, il me l'apporterait. Je refusai de sortir. Je restai planté là, guettant la bouilloire comme le lion guette sa proie, en attendant que l'eau se mette à bouillir ; et sur ces entrefaites, l'affreuse scène du petit déjeuner me revint peu à peu dans toute son horreur — l'œuf, le jaune et le cheveu. À qui appartenait le cheveu que j'avais trouvé incrusté au petit déjeuner dans le jaune gluant de mon œuf ? Sans aucun doute au cuisinier. Et depuis quand, dites-moi, le cuisinier ne s'était-il pas lavé la tête ? Probable qu'il ne s'était jamais lavé la tête. Bon, admettons. Il était presque certain qu'il était dévoré de vermine. Mais en soi cela n'expliquait pas qu'un cheveu fût tombé. Dans ce cas, pourquoi ce matin le cheveu était-il tombé sur mon œuf poché lorsque le cuisinier avait transféré l'œuf de la poêle dans l'assiette ? Il existe une raison à tout, et dans ce cas la raison était évidente. Le cuisinier avait le cuir chevelu infesté par un impétigo séborrhéique purulent. Et le cheveu lui-même, le long cheveu noir que j'aurais si facilement pu avaler si j'avais été moins vigilant, grouillait en conséquence de millions et de millions de bactéries pathogènes virulentes dont, par bonheur, j'ai oublié le nom scientifique exact.

Puis-je, demandez-vous, être absolument certain que le cuisinier souffrait d'impétigo séborrhéique purulent ? Pas absolument certain — non. Mais sinon il souffrait alors sans aucun doute de la teigne. Et qu'est-ce que cela signifiait ? Je ne le savais que trop bien, ce que cela signifiait. Cela signifiait que ce matin sur cet horrible cheveu se cramponnaient et s'agglutinaient dix millions de microsporons, prêts à s'engouffrer dans ma bouche.

Je sentis monter la nausée.

« L'eau bout, annonça triomphalement le boutiquier.

— Laisse-la bouillir, lui dis-je. Laisse-la encore huit bonnes minutes. Qu'as-tu envie de me voir attraper — le typhus ? »

Personnellement, je ne bois jamais d'eau si je peux l'éviter, quelle que soit sa pureté. L'eau n'a pas le moindre goût. J'en bois, bien sûr, sous forme de thé ou de café, mais même alors je m'efforce d'obtenir qu'on se serve de Vichy ou de Malvern en bouteille dans la préparation. J'évite l'eau du robinet. L'eau du robinet est une substance diabolique. Souvent ce n'est ni plus ni moins que de l'eau d'égout récupérée.

« Cette eau ne va pas tarder à s'évaporer », dit le propriétaire, en me souriant de toutes ses dents verdâtres.

Je soulevai moi-même la bouilloire et en versai le contenu dans ma gourde.

De retour dans la boutique, j'achetai six oranges, une petite pastèque, et une plaque de chocolat anglais protégée par un emballage à toute épreuve. Je regagnai alors la Lagonda. Cette fois enfin j'étais en route. Quelques minutes plus tard, j'avais traversé le pont tournant qui franchit le canal de Suez juste en amont du lac Timash, et devant moi je vis le désert plat et torride et la petite route goudronnée dont le ruban noir fuyait jusqu'à l'horizon. Je poussai la

Lagonda jusqu'à mon habituel cent dix à l'heure et j'ouvris en grand les vitres. L'air qui s'engouffra à l'intérieur était pareil à l'haleine d'un four. Il n'était pas loin de midi et le soleil déversait sa chaleur en plein sur le toit de la voiture. Le thermomètre du tableau de bord indiquait 42°. Mais comme vous savez, une bonne petite chaleur n'est pas pour me faire peur, à condition que je n'aie pas à bouger et que je porte des vêtements adéquats — en l'occurrence un pantalon de drap crème, une chemise blanche en coton aéré et une cravate en soie d'araignée vert mousse, un vert somptueux du plus bel effet. Je me sentais parfaitement à l'aise et en paix avec l'univers entier.

Une minute ou deux je caressai l'idée d'exécuter un autre opéra en route — j'étais d'humeur à entonner *La Gioconda* — mais après les premières mesures du chœur d'ouverture, je me mis à transpirer légèrement ; aussi laissai-je retomber le rideau et préférai-je allumer une cigarette.

Je traversais maintenant une des plus merveilleuses régions à scorpions du monde, et je mourais d'envie de m'arrêter pour en traquer quelques-uns avant d'atteindre le poste d'essence de B'ir Rawd Salim, situé à mi-chemin. Depuis mon départ d'Ismaïlia une heure auparavant, je n'avais pas rencontré âme qui vive ni aperçu le moindre véhicule. J'en étais ravi. Le Sinaï est un désert authentique. Je m'arrêtai sur le bas-côté de la route et coupai le moteur. J'avais soif et mangeai une orange. Puis je me couvris le crâne de mon casque colonial blanc et, lentement, m'extirpai de la voiture, de ma confortable coquille de bernard-l'hermite, et me retrouvai en plein soleil. Pendant une bonne minute je demeurai immobile au milieu de la chaussée, ébloui par l'éclat du paysage.

Il y avait un soleil flamboyant, un immense ciel torride, et dessous, de tous côtés, une grande mer pâle de sable jaune qui n'était pas tout à fait de ce monde. Au sud de la route je distinguais maintenant des montagnes dans le lointain, des montagnes dénudées, brun pâle, couleur terre brûlée, légèrement émaillées de bleu et de violet, qui surgissaient brusquement du désert et s'évanouissaient à l'horizon dans une brume de chaleur. L'absence de vie était accablante. Il n'y avait pas un bruit, ni chant d'oiseau ni crissement d'insecte, et j'éprouvais le bizarre sentiment quasi divin d'être planté là tout seul au milieu de ce paysage tellement splendide, torride, inhumain — comme si j'avais été soudain transporté sur une autre planète, Jupiter ou Mars, ou ailleurs, en un lieu encore plus lointain et plus désolé, où jamais l'herbe ne pousserait ni les nuages ne s'embraseraient.

J'allai ouvrir la malle de la voiture et en sortis une boîte à gaz, mon filet et ma truelle. Puis je quittai la route et m'engageai sur le sable doux et brûlant. Avançant lentement, je m'enfonçai d'une centaine de mètres dans le désert, scrutant le sol du regard. Je ne cherchais pas les scorpions, mais les repaires des scorpions. Le scorpion est un cryptozoïque, une créature nocturne qui, selon les espèces, passe toute la journée cachée sous une pierre ou enfouie dans un terrier. Ce n'est qu'une fois le soleil couché qu'il sort pour se mettre en quête de nourriture.

Celui que je voulais, l'opisthophtalmus, était un fouisseur, aussi ne perdis-je pas mon temps à retourner les pierres. Au bout de dix à quinze minutes, je n'avais rien trouvé ; mais déjà la chaleur me paraissait insupportable, et à contre-cœur, je résolus de rejoindre la voiture. Très lentement je rebroussai chemin, sans cesser de scruter le sol, et alors que je venais d'atteindre la route et levais le pied pour m'engager sur la chaussée, soudain, dans le sable, à pas plus de trente centimètres du ruban de goudron, j'aperçus un trou de scorpion.

Je déposai la boîte à gaz et le filet près de moi sur le sol. Puis, à l'aide de la petite truelle et avec un soin infini, j'entrepris de dégager le sable tout autour du trou. Cette partie de l'opération ne manquait jamais de m'exciter. C'est un peu comme une chasse au trésor — une chasse au trésor qui présente juste ce qu'il faut de danger pour fouetter le sang. À mesure que je grattais de plus en plus profond dans le sable, je sentais mon cœur qui battait la chamade.

Et, soudain... je la vis.

Oh, grands dieux, quelle beauté ! Un scorpion femelle, gigantesque, pas un opistophtalmus, je le compris sur-le-champ, mais un pandinus, l'autre gros scorpion fouisseur d'Afrique. Et accrochés à son dos — trop beau pour être vrai ! —, grouillant à qui mieux mieux, un deux trois quatre cinq — au total quatorze petits, minuscules. La mère faisait au moins quinze centimètres de long ! Ses rejetons avaient la taille de petites balles de revolver. Elle m'avait vu maintenant, moi le premier humain qu'elle voyait de sa vie, et ses pinces étaient grandes ouvertes, tandis que sa queue, recourbée très haut en point d'interrogation au-dessus de son dos, se tenait prête à frapper. Saisissant le filet, je le glissai vivement sous elle et la soulevai. Elle se tordait et se débattait, dardant frénétiquement sa queue de tous côtés. Une grosse goutte de venin, une seule, tomba à travers les mailles du filet et s'écrasa sur le sable. Prestement, je transférai le scorpion, avec ses rejetons, dans la boîte à gaz et rabattis le couvercle. J'allai ensuite prendre le flacon d'éther dans la voiture, et à travers la petite fente ménagée dans la gaze qui obstruait le sommet de la boîte, en versai une quantité suffisante pour bien imbiber le capitonnage intérieur.

Quel joyau ce serait dans ma collection ! Les bébés, bien sûr, se décrocheraient en mourant, mais quelques gouttes de colle me permettraient de les fixer de nouveau dans des postures plus ou moins naturelles ; et je pourrais alors m'enorgueillir de posséder un énorme pandinus femelle avec ses quatorze rejetons cramponnés à son dos ! J'étais extrêmement satisfait. Je soulevai la boîte à gaz (je la sentais se débattre furieusement à l'intérieur) et la rangeai dans la malle, avec le filet et la truelle. Puis je me remis au volant, allumai une cigarette et repris ma route.

Plus je me sens heureux, plus je conduis lentement, si bien qu'il me fallut près d'une heure pour atteindre B'ir Rawd Salim, le poste d'essence situé à mi-parcours. Le lieu n'avait rien d'engageant. Sur la gauche, se dressaient une unique pompe à essence et une cahute en bois. Sur la droite, trois autres cahutes, chacune à peu près de la taille d'une petite serre. À part ça, rien d'autre que le désert. Je n'aperçus pas âme qui vive. Il était maintenant deux heures moins vingt, et dans la voiture le thermomètre atteignait 45°.

Obsédé par la nécessité stupide de faire bouillir mon eau avant de quitter Ismaïla, j'avais complètement oublié de faire le plein d'essence avant de repartir, et d'après ma jauge il me restait maintenant un peu moins de neuf litres. Je m'en étais tiré, mais de justesse — qu'importe. Je me garai devant la pompe et attendis. Personne ne se montra. J'appuyai sur le klaxon, et les quatre pompes modulées de la Lagonda lancèrent leur merveilleux *Son già mille e tre!* aux quatre coins du désert. Personne ne se montra. J'appuyai de nouveau.

son già mille e tre !

chantèrent les trompes. La petite phrase de Mozart avait une résonance superbe dans ce cadre. N'empêche que personne ne se montrait. Les habitants de B'ir Rawd Salim se foutaient éperdument, semblait-il, de mon ami Don Giovanni et des 1003 pucelles qu'il avait déflorées en Espagne.

Enfin, lorsque pas moins de six fois j'eus fait chanter les trompes, la porte de la cahute située derrière la pompe à essence s'ouvrit et un homme d'assez grande taille s'encadra sur le seuil, en rajustant ses boutons à deux mains. Il prit amplement son temps, et ce ne fut que lorsqu'il eut boutonné le dernier qu'il jeta un coup d'œil à la Lagonda. Ma vitre était baissée et je l'examinai à mon tour. Je le regardai faire un premier pas dans ma direction... très, très lentement... Puis il en fit un second...

Mon Dieu! pensai-je aussitôt. Les spirochètes l'ont eu!

Il avait la démarche lente et flageolante, l'allure dégingandée et saccadée d'un homme atteint d'ataxie locomotrice. À chacun de ses pas, le pied de devant se soulevait très haut et il le plaquait violemment contre le sol, comme pour écraser un insecte dangereux.

Je réfléchis : mieux valait filer. Mieux valait démarrer et filer comme un beau diable avant qu'il n'arrive jusqu'à moi. Mais je savais que c'était impossible. Il me *fallait* de l'essence. J'attendis sans bouger, les yeux fixés sur l'horrible créature qui s'approchait en damant laborieusement le sable. Sans doute souffrait-il de l'immonde maladie depuis des années, sinon elle ne se serait pas transformée en ataxie. *Tabes dorsalis*, comme on l'appelle dans les milieux médicaux, ce qui pathologiquement parlant signifie que la victime est atteinte d'une dégénérescence de la moelle épinière au niveau des vertèbres lombaires. Mais, que Dieu frappe mes ennemis et garde mes amis, la réalité est infiniment pire ; il s'agit d'une lente et implacable désagrégation des fibres nerveuses du corps elles-mêmes sous l'effet des toxines syphilitiques.

L'homme — l'Arabe, comme je l'appellerai — s'approcha jusqu'à toucher ma portière et, la vitre étant baissée, avança la tête pour examiner l'intérieur de la voiture. Je m'écartai le plus possible, en priant le ciel qu'il ne fasse pas un pas de plus. Aucun doute, je n'avais que rarement vu être humain affligé à ce point. Son visage avait l'aspect rongé, ravagé, d'une vieille sculpture sur bois attaquée par les vers, et je me demandais à le voir de combien d'autres maladies il souffrait, outre la syphilis.

« Salaam, marmonna-t-il.

— Fais-moi le plein », lui dis-je.

Il ne bougea pas. Il examinait l'intérieur de la Lagonda avec un intérêt marqué. L'horrible odeur fétide que dégageait son corps parvint jusqu'à moi.

« Remue-toi ! dis-je sèchement. Je veux de l'essence ! »

Il me regarda et s'arracha un sourire. Plus une grimace qu'un sourire d'ailleurs, une insolente grimace sarcastique qui semblait dire : « Ici à B'ir Rawd Salim, je suis le roi de la pompe à essence ! Touche-moi si tu l'oses ! » Une mouche s'était

44

posée au coin d'un de ses yeux. Il ne fit pas un geste pour la chasser.

« Tu veux de l'essence ? » fit-il, railleur.

Je faillis le gratifier d'une injure, mais me retins à temps et, poliment, répondis : « Oui, s'il te plaît, je te serais très reconnaissant. »

Il me dévisagea sournoisement un instant pour s'assurer que je ne me moquais pas de lui, puis il hocha la tête, comme satisfait maintenant de mon attitude. Il pivota et se mit lentement en mouvement vers l'arrière de la voiture. Je plongeai la main dans le vide-poches de portière pour prendre ma bouteille de Glenmorangie. Je m'en versai un gobelet bien tassé et attendis en le sirotant. L'homme avait poussé son visage à moins d'un mètre de moi ; son haleine fétide avait envahi la voiture... qui sait combien de milliards de virus s'y étaient engouffrés en même temps ? Dans ce genre de situation c'est une bénédiction de pouvoir se désinfecter la bouche et la gorge avec une goutte de whisky des Highlands. Le whisky est en outre un réconfort. Je vidai mon gobelet, et m'en versai un autre. Je ne tardai pas à me sentir moins inquiet. Mon regard tomba sur la pastèque posée sur le siège voisin. Je me dis que c'était le moment de me rafraîchir en m'en octroyant une tranche. Je sortis mon couteau de son étui et en coupai un gros morceau. Puis, de la pointe du couteau, j'enlevai avec soin tous les pépins noirs, me servant du reste du fruit comme d'un récipient.

J'attendis en buvant mon whisky et en mangeant ma pastèque. Tous deux étaient délicieux.

« L'essence, ça y est, annonça l'horrible Arabe, en s'encadrant dans la portière. Maintenant je vérifie l'eau, et l'huile. »

J'aurais préféré qu'il s'abstienne totalement de tripoter la Lagonda, mais soucieux d'éviter une discussion, je ne dis rien. Il gagna en claudiquant l'avant de la voiture, et sa démarche me fit penser à celle d'un S.S. hitlérien, un S.S. ivre qui eût exécuté le pas de l'oie au ralenti.

Tabes dorsalis, j'en aurais mis ma tête à couper.

La seule autre maladie capable de provoquer cette bizarre démarche saccadée est le béribéri chronique. Ma foi — probable qu'il l'avait, ça aussi. Je me coupai une seconde tranche de pastèque, et pendant une bonne minute m'appliquai à enlever les pépins du bout du couteau. Lorsque je levai les yeux, je constatai que l'Arabe avait soulevé le capot du côté droit et qu'il était penché sur le moteur. Sa tête et ses épaules m'étaient invisibles, de même que ses mains et ses bras. Que diable l'énergumène pouvait-il faire ? La jauge à huile se trouvait de l'autre côté. Je cognait sur le pare-brise. Il ne parut pas entendre. Je passai la tête à la fenêtre et hurlai : « Hé ! Sors de là ! »

Lentement, il se redressa, et comme il extirpait son bras droit des entrailles du moteur, je vis qu'il tenait entre les doigts quelque chose qui me parut long, noir, souple et très mince.

« Grand Dieu ! me dis-je. Ma parole, il a trouvé un serpent ! »

Il s'approcha de la portière, en souriant et en brandissant l'objet pour me le montrer ; alors seulement en regardant de plus près, je me rendis compte qu'il ne s'agissait nullement d'un serpent — *c'était la courroie du ventilateur de ma Lagonda !*

Tandis que, figé sur mon siège, je fixais stupidement ma courroie de ventilateur cassée, je compris que je me retrouvais tout à coup coincé dans ce trou perdu en compagnie de cet être répugnant, et les horribles implications de la situation me submergèrent.

« Tu vois, disait l'Arabe, elle ne tenait plus que par un fil. Une chance que je m'en sois aperçu. »

Je la lui pris des mains et l'examinai de près.

« Tu l'as coupée ! m'écriai-je.

— Coupée ? répondit-il posément. Pourquoi l'aurais-je coupée ? »

Pour être parfaitement honnête, je dois dire qu'il m'était impossible de juger si oui ou non il l'avait coupée. Dans l'affirmative, il avait également pris la peine d'effilocher les deux bouts à l'aide d'un instrument quelconque pour faire croire qu'il s'agissait d'une rupture naturelle. Malgré tout, j'aurais parié qu'il l'*avait* coupée, et si je devinais juste, les implications n'en étaient que plus sinistres.

«Je suppose que tu sais que je ne peux pas continuer sans courroie de ventilateur?» dis-je.

Son affreuse bouche mutilée grimaça un nouveau sourire, exhibant des gencives rongées d'ulcères. «Si tu repars, dit-il, d'ici trois minutes ton radiateur va bouillir.

— Dans ce cas, qu'est-ce que tu suggères?

— Je vais te faire venir une nouvelle courroie.

— Vraiment?

— Bien sûr. Il y a le téléphone ici, et si tu es prêt à payer la communication, je téléphonerai à Ismaïlia. Et s'il y en a pas à Ismaïlia, je téléphonerai au Caire. Y a pas de problème.

— Pas de problème! hurlai-je, en m'extirpant de la voiture. Je te prie, dis-moi quand, selon toi, la courroie arrivera dans cet horrible trou?

— Un camion postal passe tous les matins à dix heures. Tu l'auras demain.»

L'homme avait réponse à tout. Il n'avait même pas à réfléchir pour répondre.

Ce salaud, me dis-je, *ce n'est pas la première fois qu'il coupe des courroies de ventilateur.*

J'étais tout à fait sur mes gardes maintenant et le surveillais de près.

« On ne trouvera pas de courroie de ventilateur pour une voiture de cette marque à Ismaïlia, dis-je. Il faudra contacter l'agence du Caire. Je téléphonerai moi-même. » Le fait qu'il eût le téléphone me réconfortait un peu. Pendant toute la traversée du désert les poteaux téléphoniques n'avaient cessé de jalonner la route, et je voyais les deux fils qui reliaient la cahute au poteau le plus proche. « Je vais demander à l'agence du Caire d'envoyer immédiatement une voiture exprès pour me l'apporter », dis-je.

L'Arabe suivit des yeux la route qui filait vers Le Caire, à quelque trois cent vingt kilomètres de là. « Qui sera disposé à faire six heures de route dans un sens et six heures dans l'autre pour apporter une courroie de ventilateur jusqu'ici ? dit-il. Ça ira aussi vite par le courrier.

— Montre-moi où est le téléphone », dis-je en me dirigeant vers la cabane. Puis une horrible idée me vint, et je m'arrêtai net.

L'appareil de l'homme était forcément contaminé, ce serait de la folie de s'en servir. Il faudrait que je plaque l'écouteur contre mon oreille, ma bouche toucherait très probablement le pavillon ; et je me foutais éperdument des affirmations des médecins qui prétendent qu'il est impossible de contracter la syphilis sans contact direct. Un téléphone syphilitique est un téléphone syphilitique, et pas question de me

49

voir *moi* l'approcher peu ou prou de *mes* lèvres, merci bien. Je ne mettrais même pas le pied dans sa cabane.

Je restai planté là dans le brasillement de la fournaise, et observai l'Arabe à l'horrible visage rongé par la maladie, l'Arabe qui lui aussi m'observait, on ne peut plus froid ni impassible.

«Tu veux le téléphone? me demanda-t-il.

— Non, dis-je. Tu sais lire l'anglais?

— Oh, oui.

— Très bien. Je vais t'écrire le nom de l'agence et le nom de cette voiture, et aussi mon nom. On me connaît là-bas. Et toi, tu leur expliqueras ce qu'il faut qu'ils envoient. Et écoute... dis-leur aussi d'envoyer immédiatement un courrier, à mes frais. Et s'ils refusent, dis-leur qu'il *faut* qu'ils fassent parvenir la courroie de ventilateur à Ismaïlia à temps pour que le camion postal la prenne. Compris?

— Y a pas de problème», fit l'Arabe.

J'écrivis donc les renseignements nécessaires sur un bout de papier et le lui tendis. Il s'éloigna de sa démarche lente et pesante en direction de sa cabane et disparut à l'intérieur. Je refermai le capot. Puis je revins m'asseoir au volant pour faire le point de la situation.

Je me versai un autre whisky et allumai une cigarette. Il devait bien arriver que des voitures empruntent *quelquefois* cette route. Il était presque certain que quelqu'un passerait avant la nuit. Mais cela m'aiderait-il? Non, en rien, à moins que je ne sois disposé à faire du stop en abandonnant la Lagonda et tous mes bagages aux bons soins de l'Arabe. Étais-je disposé à en arriver là? Je n'en savais rien. Sans doute que oui. Mais si j'étais contraint de passer la nuit ici, je m'enfermerais dans la voiture et ferais l'impossible pour rester éveillé. Pour rien au monde je ne mettrais les pieds dans la cahute où vivait cette créature. Pas plus que je ne toucherais à sa nourriture. J'avais du whisky et de l'eau, une pastèque et une plaque de chocolat. C'était amplement suffisant.

La chaleur était assez terrible. Dans la voiture le thermomètre frisait toujours 45°. Dehors, au soleil, il faisait encore plus chaud. Je transpirais abondamment. Mon Dieu, se retrouver coincé dans un endroit pareil! Et en cette compagnie!

Au bout d'une quinzaine de minutes, l'Arabe émergea de la cahute. Je ne le quittai pas des yeux tandis qu'il s'approchait de la voiture.

«J'ai eu le garage au Caire, dit-il, en passant le visage par la portière. La courroie arrivera demain par le camion postal. Tout est arrangé.

— Leur as-tu demandé de l'envoyer tout de suite?

— Ils ont dit impossible.

— Tu es sûr de leur avoir demandé?»

Il pencha la tête d'un côté et me gratifia de son sourire insolent et sournois. Je me détournai et attendis qu'il s'éloigne. Il ne bougea pas. « Tu peux dormir ici très bien. Ma femme te préparera de la nourriture, mais il faudra que tu paies.

— Qui d'autre vit ici, à part toi et ta femme ?

— Un autre homme », dit-il. Il agita le bras en direction des trois cahutes de l'autre côté de la route, et, tournant la tête, je vis un homme debout sur le seuil de celle du milieu, un homme petit et trapu, vêtu d'un short et d'une chemise, tous deux kaki et sales. Il se tenait parfaitement immobile dans l'ombre du seuil, les bras ballants. Il me regardait.

« Qui est-ce ? demandai-je.

— Saleh.

— Qu'est-ce qu'il fait ?

— Il aide.

— Je dormirai dans la voiture, dis-je. Et il sera inutile que ta femme me prépare de la nourriture. J'ai ce qu'il me faut. » L'Arabe haussa les épaules, et tournant les talons, s'éloigna en direction de la cabine du téléphone. Je restai dans la voiture. Quoi faire d'autre ? Il était à peine deux heures et demie. Encore trois ou quatre heures et il commencerait à faire plus frais. Je pourrais alors me dégourdir les jambes et peut-être même débusquer quelques scorpions. Entre-temps il me fallait faire contre mauvaise fortune bon cœur. Je fouillai dans le fond de la voiture où je range toujours ma caisse de livres, et, sans même regarder, pris le premier qui me tomba sous la main. La caisse contenait trente ou quarante des meilleurs livres du monde, qui tous pouvaient se relire une centaine de fois en gagnant encore à chaque nouvelle lecture. N'importe lequel ferait l'affaire. J'étais tombé sur l'*Histoire naturelle de Selborne*. Je l'ouvris au hasard...

« ... Il y a plus de vingt ans, nous avions parmi nous dans ce village un idiot, que je me rappelle très bien, et qui, tout enfant déjà, manifestait une forte attirance pour les abeilles ; elles étaient sa nourriture, sa distraction, son unique intérêt. Et comme les gens de cette espèce ont rarement plus d'une seule chose en tête, ce jeune gars appliquait ses rares facultés à satisfaire cet unique intérêt. L'hiver, il passait son temps à somnoler sous le toit de son père, près de la cheminée, plongé dans une sorte de torpeur, ne s'écartant que rarement de l'âtre ; mais l'été, il était plein de vie et partait en quête de son gibier, dans les champs et sur les talus ensoleillés. Abeilles, bourdons, guêpes, où qu'il les trouvât il en faisait sa proie ; il ne redoutait pas leurs dards, bien plus, s'en emparait *nudis manibus*, et sur-le-champ les dépouillait de leurs armes, puis suçait leurs corps pour vider leurs sacs à miel. Parfois il enfermait ses captives dans son plastron, entre chemise et peau, et parfois les emprisonnait dans des bouteilles. C'était un *merops apiaster*, ou oiseau à abeilles, et l'ennemi juré des apiculteurs ; en effet il se glissait dans leurs ruchers, et, accroupi devant les chevalets, cognait de ses cinq doigts sur les ruches pour s'emparer alors des abeilles à mesure qu'elles sortaient. On raconte qu'il lui arrivait de renverser les ruches pour voler le miel, dont il était éperdument friand. Lorsque l'hydromel fermentait, il rôdait autour des bacs et des cuves, mendiant une gorgée de ce qu'il appelait "vin d'abeilles". Lorsqu'il gambadait, ses lèvres émettaient un bourdonnement, pareil au bourdonnement des abeilles... »

Je détachai les yeux de ma page et regardai autour de moi. De l'autre côté de la route, l'homme immobile avait disparu. Il n'y avait plus personne en vue. Le silence était irréel, et le calme, le calme et la désolation absolus qui imprégnaient le lieu étaient profondément oppressants. Je savais que l'on m'épiait. Je savais que des yeux enregistraient avec soin le moindre de mes gestes, chacune de mes gorgées de whisky, de mes bouffées de cigarettes. J'ai horreur de la violence et je n'emporte jamais d'arme. Mais cette fois j'aurais aimé en avoir une sous la main. Quelques instants, je caressai l'idée de mettre le moteur en marche et de foncer droit devant moi, jusqu'à ce que le moteur se mette à bouillir. Mais jusqu'où irais-je ? Pas très loin par cette chaleur et sans ventilateur. Deux kilomètres, peut-être, tout au plus trois...

Non — au diable. Je resterais où j'étais et lirais mon livre.

Ce fut probablement une heure plus tard environ que je remarquai au loin sur la route, dans la direction de Jérusalem, un petit point noir qui approchait rapidement. Je posai mon livre sans quitter le point des yeux. Je le regardai grossir. Il se déplaçait à grande vitesse, en réalité à une vitesse stupéfiante. Je descendis de la Lagonda et en toute hâte, allai me poster au bord de la route, prêt à faire signe au conducteur de s'arrêter.

Il se rapprochait de plus en plus, et parvenu à environ quatre cents mètres, il commença à ralentir. Je remarquai la forme de son radiateur. *C'était une Rolls-Royce !* Je levai le bras et le maintins levé, les yeux fixés sur l'homme qui se trouvait au volant, et vis la grosse voiture verte quitter la route pour s'immobiliser à côté de ma Lagonda.

J'éprouvais une allégresse absurde. Se fût-il agi d'une Ford ou d'une Morris, j'aurais été passablement satisfait, mais je n'eusse pas éprouvé d'allégresse. Le fait qu'il s'agissait d'une Rolls — une Bentley eût aussi bien fait l'affaire, ou une Isotta, ou une autre Lagonda — était une garantie virtuelle que je recevrais toute l'aide dont j'avais besoin; car, j'ignore si vous le savez ou non, il existe une puissante fraternité qui lie entre eux les propriétaires d'automobiles très coûteuses. Ils éprouvent automatiquement du respect les uns pour les autres, respect qui s'explique tout simplement par le fait que la richesse respecte la richesse. En fait, il n'est personne au monde qu'un vrai riche respecte davantage qu'un autre vrai riche, et en conséquence, où qu'ils aillent, les vrais riches essaieront d'entrer en contact. Ils recourent à tout un code de signaux pour se reconnaître. Chez les femmes, le plus commun est peut-être le port de bijoux massifs; mais l'automobile de luxe jouit également d'une grande faveur, et ce auprès des deux sexes. C'est un placard publicitaire ambulant, une déclaration publique d'opulence, et du même coup, c'est aussi une carte de sociétaire qui ouvre les portes de cette élite non officielle, le Syndicat-des-Très-Riches. Il y a longtemps que j'en fais moi-même partie, et je m'en réjouis. Lorsqu'il m'arrive de rencontrer un autre de ses membres comme j'étais maintenant sur le point de le faire, je me sens immédiatement de plain-pied avec lui. Je le respecte. Nous parlons le même langage. Nous sommes du même *clan*. J'avais de bonnes raisons, par conséquent, de me sentir soulevé d'allégresse.

Le conducteur de la Rolls descendit et avança vers moi. C'était un petit homme brun au teint olivâtre, qui portait une chemise en lin d'une blancheur immaculée. Probablement un Syrien, me dis-je. Ou encore un Grec. Malgré l'effroyable chaleur il paraissait frais comme une rose.

« Bonjour, dit-il. Auriez-vous des ennuis ? »

Je lui rendis son salut, puis, petit à petit, lui fis le récit de mes déboires.

« Mon cher, dit-il dans un anglais parfait, mais *mon cher* c'est tout simplement navrant. Quelle horrible malchance. Ce n'est guère l'endroit pour tomber en panne.

— Non, n'est-ce pas ?

— Et vous me dites que vous êtes sûr qu'on a commandé une nouvelle courroie de radiateur ?

— Oui, répondis-je, dans la mesure où je peux faire confiance au propriétaire de cet établissement. »

La Rolls avait à peine eu le temps de s'arrêter que l'Arabe avait surgi de sa baraque ; il nous avait rejoints et l'inconnu se mit à le questionner rapidement en arabe au sujet des mesures qu'il avait prises pour me sortir d'affaire. J'eus l'impression que les deux hommes se connaissaient bien et il était visible que l'Arabe était terrifié par le nouveau venu. Il rampait pratiquement devant lui.

« Eh bien — on dirait que tout est réglé, finit par dire l'inconnu, en se tournant vers moi. Mais, manifestement, vous ne pourrez pas repartir avant demain matin. Quelle était votre destination ?

— Jérusalem, dis-je. Et la perspective de passer la nuit dans ce trou infernal ne me tente guère.

— Je m'en doute, mon cher monsieur. Ce serait des plus inconfortable. » Il me sourit, exhibant une dentition d'une blancheur remarquable. Puis il sortit un étui de sa poche et m'offrit une cigarette. L'étui était en or et une mince incrustation de jade vert zébrait en diagonale le couvercle. Une très belle pièce. J'acceptai la cigarette. Il m'offrit du feu, puis alluma la sienne.

L'inconnu tira une longue bouffée, en aspirant à fond. Puis il renversa la tête en arrière et souffla la fumée en direction du soleil. « Si nous nous attardons davantage, nous finirons tous deux par attraper une insolation, dit-il. Me permettez-vous de vous faire une proposition ?

— Mais naturellement.

— J'espère seulement que, venant d'un parfait inconnu, vous ne la jugerez pas déplacée...

— Je vous en prie...

— Il est impossible que vous restiez ici, aussi je vous suggère de rebrousser chemin et de passer la nuit sous mon toit. »

Vous voyez! La Rolls-Royce souriait à la Lagonda — lui souriait comme jamais elle n'eût souri à une Ford ou à une Morris!

« Vous voulez dire à Ismaïlia?

— Non, non, répondit-il en riant. J'habite à deux pas d'ici, là-bas, tenez. » Il agita la main dans la direction d'où il était venu.

« Mais vous étiez probablement en route pour Ismaïlia? Pour rien au monde je ne voudrais que vous changiez vos projets pour moi.

— Je n'allais nullement à Ismaïlia, dit-il. Je venais ici, pour chercher mon courrier. Ma maison — et voici qui risque de vous surprendre — se trouve tout près de l'endroit où nous sommes. Vous voyez cette montagne. C'est Maghara. J'habite juste derrière. »

Je regardai la montagne. Elle se dressait à une quinzaine de kilomètres plus au nord, simple amas de rochers jaunes, d'à peine sept cents mètres de hauteur environ. « Vous voulez vraiment dire que vous avez une maison au milieu de tout ce... de tout ce désert? demandai-je.

— Vous ne me croyez pas? fit-il en souriant.

— Bien sûr que je vous crois, répondis-je. Rien ne me surprend plus. Sauf, peut-être et ici je lui rendis son sourire, sauf de rencontrer un inconnu au beau milieu du désert et de voir qu'il me traite comme un frère. Votre offre m'accable de confusion.

— Balivernes, mon cher ami. Mes mobiles sont purement égoïstes. Ce n'est pas tous les jours que l'on trouve des gens de bonne compagnie dans ces parages. La perspective d'avoir quelqu'un à dîner me rend fou de joie. Permettez-moi de me présenter — Abdul Aziz. » Il exécuta une petite révérence.

« Oswald Cornelius, dis-je. C'est un grand plaisir. » Nous échangeâmes une poignée de main.

« Je vis une partie du temps à Beyrouth, annonça-t-il.

— J'habite Paris.

— Charmant. Et maintenant — voulez-vous que nous partions ? Êtes-vous prêt ?

— Mais, et ma voiture, dis-je. Est-ce prudent de la laisser ici ?

— Ne craignez rien à ce sujet. Omar est un de mes amis. Il n'a pas l'air de grand-chose, le pauvre, mais si vous êtes avec moi, il ne vous laissera pas tomber. Et l'autre, Saleh, c'est un bon mécanicien. Dès que votre courroie de ventilateur arrivera demain matin, il la montera. Je vais le lui dire. »

Saleh, l'homme que j'avais aperçu de l'autre côté de la route, s'était approché pendant que nous parlions. Mr Aziz lui donna ses instructions. Puis il recommanda aux deux hommes de bien veiller sur la Lagonda. Il fut bref et incisif. Omar et Saleh l'écoutèrent tête basse, en remuant les pieds. J'allais prendre une valise dans la Lagonda. J'avais grand besoin de me changer.

« Oh, à propos, me lança Mr Aziz, d'ordinaire je mets une cravate noire pour dîner.

— Naturellement, murmurai-je, en repoussant la valise que j'avais choisie pour en prendre une autre.

— C'est surtout pour faire plaisir aux dames. On dirait qu'elles adorent se mettre sur leur trente et un pour dîner. »

Je me retournai vivement pour le regarder, mais déjà il grimpait dans sa voiture.

« Prêt ? » dit-il.

Je pris ma valise et la déposai dans le fond de la Rolls. Puis je m'installai devant, à côté de lui, et nous partîmes.

Pendant le trajet, nous bavardâmes nonchalamment à bâtons rompus. Il me confia qu'il était dans le commerce des tapis. Il avait des bureaux à Beyrouth et à Damas. Et il y avait des centaines d'années, me confia-t-il, que ses ancêtres étaient dans la profession.

Je mentionnai qu'à Paris, j'avais un tapis de

Damas qui datait du XVIIᵉ siècle sur le parquet de ma chambre à coucher.

« Pas possible, s'écria-t-il, tellement excité que nous faillîmes quitter la route. S'agit-il d'un tapis laine et soie, avec la trame tout entière en soie ? Et est-ce que le fond est tissé de fils d'or et d'argent ?

— Oui, dis-je. C'est exactement ça.

— Mais mon cher ! C'est un crime de mettre une chose pareille sur le plancher !

— On n'y marche que pieds nus », dis-je.

Il en parut ravi. J'eus l'impression qu'il aimait presque autant les tapis que j'aimais les vases bleus de Tchin Hoa.

Nous quittâmes bientôt la route goudronnée et prîmes sur la gauche un chemin empierré qui coupait à travers le désert et piquait droit sur la montagne. « Ceci est ma voie privée, dit Mr Aziz. Elle fait huit kilomètres de long.

— Vous avez même le téléphone », dis-je en remarquant soudain les poteaux qui partaient de la route pour longer sa voie privée.

Ce fut alors qu'une idée bizarre me traversa l'esprit.

L'Arabe du poste d'essence... lui aussi avait le téléphone...

Ceci ne pouvait-il, dans ce cas, expliquer l'arrivée fortuite de Mr Aziz ?

Était-il possible que mon hôte solitaire eût mis

au point une méthode astucieuse pour kidnapper les voyageurs qui passaient sur la route, dans le but de pouvoir inviter à sa table ce qu'il appelait des gens de bonne compagnie? N'avait-il pas, en fait, donné à l'Arabe la consigne permanente d'immobiliser toutes les voitures conduites par des voyageurs d'aspect convenable à mesure qu'elles s'arrêtaient chez lui?

« Il te suffit de couper la courroie de ventilateur, Omar. Puis tu me passes un coup de fil. Mais seulement s'il s'agit d'un type qui a l'air comme il faut et pilote une belle voiture. Ensuite je ferai un saut mine de rien pour voir si je le juge digne d'être invité chez moi... »

Une idée ridicule bien sûr.

« Je crois, disait mon compagnon, que vous aimeriez bien savoir ce qui a pu me pousser à faire construire une maison dans un endroit pareil.

— Ma foi, cela m'intrigue un peu.

— Cela intrigue tout le monde, dit-il.

— *Tout le monde*, dis-je.

— Oui. »

« Si je vis ici, reprit-il, c'est qu'il existe entre le désert et moi une mystérieuse affinité. Il m'attire de la même façon que la mer attire un marin. Trouvez-vous cela si étrange?

— Non, répondis-je; je ne trouve pas ça étrange du tout. »

Il se tut et tira sur sa cigarette. Puis il poursuivit :

« C'est une des raisons. Mais il en existe une autre. Avez-vous de la famille, Mr Cornelius ?

— Malheureusement pas, répondis-je, circonspect.

— Moi si, dit-il. Je suis marié et j'ai une fille. Ma femme et ma fille, à mes yeux du moins, sont toutes deux très belles. Ma fille vient d'avoir dix-huit ans. Elle a fait ses études en Angleterre dans un excellent pensionnat et maintenant, elle... (il haussa les épaules)... elle passe son temps sans rien faire en attendant d'être en âge de se marier. Mais, ah, cette période d'attente — que faire d'une belle jeune fille pendant cette période ? Je ne peux pas la laisser sortir seule. Elle est bien trop désirable. Quand je l'emmène à Beyrouth, je vois les hommes rôder autour d'elle comme des loups prêts à fondre sur leur proie. Pour un peu j'en deviendrais fou. Je connais bien les hommes, Mr Cornelius. Je sais comment ils se conduisent. J'admets, bien sûr, que je ne suis pas le premier père à avoir ce problème. Mais on dirait que les autres parviennent plus ou moins à le regarder en face et à s'y résigner. Ils laissent partir leurs filles. Ils se contentent de les mettre à la porte et de regarder ailleurs. Je ne peux pas faire ça. Je ne peux tout simplement pas m'y *résoudre* ! Je refuse de la laisser se faire tripoter par le premier Ahmed ou Ali ou Hamil venu. Et c'est là, vous comprenez, l'autre raison qui me pousse à vivre dans ce désert — pour pouvoir protéger quelques années de plus ma charmante enfant contre les fauves. Vous m'avez bien dit que vous n'aviez pas de famille, Mr Cornelius ?

— C'est malheureusement vrai.

— Oh. » Il parut déçu. « Vous voulez dire que vous n'avez jamais été marié ?

— Ma foi... non, dis-je. Non, jamais. » J'attendis l'inévitable question qui devait suivre. Il la posa environ une minute plus tard.

« N'avez-vous jamais eu *envie* de vous marier et d'avoir des enfants ? »

Tout le monde me la pose, celle-là. Ce n'est qu'une autre façon de dire : « Mais alors, vous êtes homosexuel ? »

« Une fois, dis-je. Une seule fois.

— Qu'est-ce qui s'est passé ?

— Une seule personne a compté dans ma vie, Mr Aziz... et quand elle a disparu..., soupirai-je.

— Vous voulez dire qu'elle est morte ? »

Je hochai la tête, la gorge trop serrée pour répondre.

« Mon cher ami, dit-il. Oh, je suis désolé. Pardonnez mon indiscrétion. »

Nous poursuivîmes notre route en silence.

« Il est stupéfiant de constater, murmurai-je,

au bout de quelques instants, qu'après un événement de ce genre on en vient à perdre tout intérêt pour les choses de la chair. Sans doute est-ce à cause du choc en retour. On ne s'en remet jamais. »

Il gobait mon histoire et eut un hochement de tête compatissant.

« Alors voilà, désormais je roule ma bosse en essayant d'oublier. Ça dure depuis des années... »

Nous avions atteint le pied du mont Maghara et la piste contournait maintenant la base de la montagne pour rejoindre le versant qui demeurait invisible de la route — le versant nord. « Au prochain virage nous verrons la maison », annonça Mr Aziz.

Nous franchîmes le virage... et je la vis ! Je clignai et écarquillai les yeux et, je vous le dis, demeurai quelques secondes littéralement médusé. Un château blanc se dressait devant moi — je dis bien un *grand château blanc*, hérissé de tours, de tourelles et de petites flèches, planté comme une apparition féerique au milieu d'une nappe de verdure luxuriante accrochée au contrefort de la montagne jaune, dénudée, flamboyante de soleil ! Une vision fantastique ! Une vision qui paraissait sortir tout droit de Hans Christian Andersen ou de Grimm. J'avais vu jadis bien des châteaux romantiques dans les vallées de la Loire et du Rhin, mais je n'avais encore rien vu qui fût paré de tant de grâce, d'élégance, de féerie! La verdure, comme je le constatai à mesure que nous nous rapprochions, était un joli jardin tout en pelouses et bouquets de palmiers, entièrement ceint d'un grand mur blanc pour masquer le désert.

« Qu'en pensez-vous ? demanda mon hôte, avec un sourire.

— C'est fabuleux, dis-je. On dirait les châteaux de tous les contes de fées du monde réunis en un seul.

— C'est exactement ça! s'écria-t-il. Un château de conte de fées! Je l'ai fait construire tout exprès pour ma fille, ma belle Princesse. »

Et la belle Princesse est retenue prisonnière derrière les murs par son père, le sévère et jaloux Roi Abdul Aziz, qui refuse de lui laisser goûter les plaisirs du commerce des hommes. Mais prenez garde, car voici qu'arrive à la rescousse le Prince Oswald Cornelius ! À l'insu du Roi qui ne le connaît pas, il va séduire la belle Princesse et la rendre très heureuse.

« Vous devez admettre que ce n'est pas banal, dit Mr Aziz.

— Ça, c'est vrai.

— De plus c'est agréable et intime. Je dors très bien ici. La Princesse aussi. Ces fenêtres que vous voyez, là, aucun risque que de jeunes garnements viennent les escalader la nuit.

— J'en suis sûr, dis-je.

— C'était une petite oasis autrefois, poursuivit-il. Je l'ai achetée à l'État. Nous avons toute l'eau nécessaire pour la maison, la piscine et trois arpents de jardin. »

Nous franchîmes les grilles, et je dois dire qu'au sortir du désert il était extraordinaire de pénétrer brusquement dans ce paradis miniature de pelouses vertes, de parterres de fleurs et de palmiers. Tout était soigneusement entretenu et des jets d'eau jouaient sur les pelouses. Lorsque nous nous immobilisâmes devant la porte d'entrée, deux domestiques vêtus de djellabas immaculées et coiffés de turbans pourpres se précipitèrent aussitôt, un de chaque côté de la voiture, pour nous ouvrir les portières.

Deux domestiques ? Mais tous les deux seraient-ils ainsi sortis s'ils n'avaient attendu l'arrivée de *deux* personnes ? J'en doutais. De plus en plus il m'apparaissait que ma bizarre petite théorie selon laquelle j'avais été kidnappé pour servir d'invité au dîner se révélait correcte. Toute l'histoire m'amusait beaucoup.

Mon hôte s'effaça pour me laisser franchir le seuil, et j'éprouvais aussitôt ce délicieux frisson qui court sur la peau lorsque par une chaleur intense l'on pénètre soudain dans une pièce climatisée. Je me trouvais dans le vestibule. Le sol était dallé de marbre vert. Sur ma droite une grande arcade menait à une vaste pièce, et j'enregistrai de façon fugitive de frais murs blancs, de beaux tableaux, et de somptueux meubles Louis XV. Se retrouver dans un endroit pareil, au beau milieu du désert du Sinaï !

Et voici qu'une femme descendait lentement l'escalier. Mon hôte s'était détourné pour parler aux domestiques et il ne remarqua pas sur-le-champ sa présence, aussi, parvenue à la dernière marche, la femme s'arrêta et, posant sur la rampe son bras nu et souple comme un ana-conda blanc, attendit immobile, en m'exami-nant comme si nous étions, elle la reine Sémi-ramis sur les marches de Babylone, et moi un soupirant dont elle se fût demandé s'il était oui ou non à son goût. Elle avait des cheveux noirs comme l'ébène et une silhouette qui me fit me passer la langue sur les lèvres.

Mr Aziz se retourna et l'aperçut : « Oh, ché-rie, te voilà. Je t'ai amené un invité. Sa voiture est tombée en panne au poste d'essence — une affreuse malchance — aussi lui ai-je proposé de m'accompagner et de passer la nuit ici. Mr Cor-nelius... ma femme.

— Quelle excellente idée », dit-elle douce-ment, en s'avançant.

Je lui pris la main et la portai à mes lèvres. « C'est très aimable à vous, vous me voyez confus, madame », murmurai-je. Je humais, sur cette main, qu'elle m'offrait, un parfum diabolique. Presque exclusivement animal. Les sécrétions subtiles, excitantes, du cachalot, du chevrotain, du castor, je les reconnus toutes, indiciblement âcres et érotiques ; elles dominaient le mélange que seuls quelques faibles effluves de fraîches essences végétales — citron, myrte, romarin — parvenaient à percer. C'était somptueux ! Une chose encore, qui me frappa dans l'éclair de ce premier instant : lorsque je lui pris la main, elle ne se contenta pas, comme le font d'ordinaire les femmes, de l'abandonner mollement sur ma paume comme une tranche de poisson cru. Bien au contraire, elle glissa son pouce *sous* ma main, tandis que ses doigts restaient sur le dessus ; et elle en profita — je le jure — pour exercer une pression discrète mais éloquente sur ma main au moment où je gratifiai la sienne du baiser rituel.

« Où est Diana ? demanda Mr Aziz.

— Au bord de la piscine », dit la femme. Et s'adressant à moi : « Et *vous*, Mr Cornelius, que diriez-vous d'aller piquer une tête ? Vous avez dû rôtir tout à l'heure à attendre près de cet horrible poste d'essence. »

Elle avait de grands yeux veloutés, si foncés qu'ils en étaient presque noirs, et lorsqu'elle me sourit, le bout de son nez se releva, dilatant les narines.

Sur-le-champ, le Prince Oswald Cornelius décida

qu'il se moquait éperdument de la belle Princesse que
le Roi jaloux retenait prisonnière dans le château.
C'était la Reine qu'il séduirait.

« Ma foi..., dis-je.

— Moi j'y vais, annonça Mr Aziz.

— Eh bien, allons-y tous, dit sa femme. Nous
vous prêterons un maillot. »

J'exprimai le désir de monter d'abord à ma
chambre pour prendre une chemise et un pantalon propres afin de pouvoir me changer après
le bain ; mon hôtesse acquiesça : « Oui, bien
sûr », et commanda à l'un des domestiques de
me montrer le chemin. Il me conduisit au
deuxième étage et nous pénétrâmes dans une
vaste chambre à coucher toute blanche, pourvue
d'un lit à deux places d'une taille exception-
nelle. Elle se prolongeait par une salle de bains
munie du dernier confort, entre autres d'une
baignoire bleu pâle et d'un bidet assorti. Tout
était d'une propreté méticuleuse et je me sentis
conquis. Tandis que le domestique défaisait ma
valise, je m'approchai de la fenêtre ; je jetai un
coup d'œil à l'extérieur et vis le grand désert
flamboyant de lumière qui, pareil à une mer
jaune, accourait du fond de l'horizon et venait
battre le mur blanc du jardin en contrebas, et
là, à l'intérieur de l'enceinte, je vis la piscine, et,
près de la piscine, j'aperçus une jeune fille allon-
gée sur le dos à l'ombre d'un grand parasol rose.

Elle portait un maillot de bain blanc et lisait un livre. Elle avait de longues jambes fuselées et des cheveux noirs. C'était la Princesse.

Quel décor, pensai-je. Ce château blanc, ce confort, cette propreté, cette climatisation, les deux femmes d'une beauté éblouissante, le mari cerbère, et toute une soirée pour exercer mes talents ! La situation avait tout pour satisfaire mes goûts, au point que je n'aurais pu rêver mieux. Les obstacles qui m'attendaient me séduisaient infiniment. Il y avait longtemps que je ne m'amusais plus de victoires faciles. Elles sont par trop banales ; et je puis vous assurer que si j'avais eu le pouvoir, d'un coup de baguette magique, de faire se volatiliser pour la nuit Mr Aziz, le jaloux cerbère, je ne l'aurais pas fait. Je n'avais cure de victoires à la Pyrrhus.

Lorsque je quittai la chambre, le domestique me suivit. Nous redescendîmes au premier, et là, sur le palier au-dessous du mien, je m'arrêtai et demandai avec désinvolture : « Est-ce que toute la famille couche à cet étage ?

— Oh, oui, dit le domestique. Ça, c'est la chambre du maître — il me montra une porte — et ici à côté, c'est celle de Mrs Aziz. Miss Diana est en face. »

Trois chambres séparées. Toutes trois proches les unes des autres. Virtuellement imprenable. Je fourrai le renseignement dans un coin de ma mémoire et descendis à la piscine. Mon hôte et mon hôtesse m'avaient précédé.

«Voici ma fille, Diana», dit mon hôte.

La jeune fille au maillot blanc se leva et je lui baisai la main.

«Bonjour, Mr Cornelius», fit-elle.

Elle utilisait le même lourd parfum animal que sa mère — ambre gris, musc et castor! Ah, cette odeur — lubrique, effrontée, et merveilleuse! Je la reniflai comme un chien. La fille, me dis-je, est encore plus belle que la mère, à supposer que ce soit possible. Elle avait les mêmes grands yeux veloutés, les mêmes cheveux noirs, et la même coupe de visage; mais ses jambes étaient indiscutablement plus longues et son corps avait quelque chose qui lui donnait un léger avantage sur celui de son aînée : il était plus sinueux, plus serpentin, et devait, je l'aurais parié, pouvoir être infiniment plus souple. Mais l'aînée, qui devait avoir trente-sept ans et n'en paraissait pas plus de vingt-cinq, avait dans le regard un feu auquel sa fille ne pouvait prétendre.

Am, stram, gram — il n'y a pas si longtemps, le Prince Oswald avait fait le serment de ne séduire que la seule Reine, au diable la Princesse. Mais depuis qu'il avait vu la Princesse en chair et en os, il n'aurait su dire laquelle des deux il préférait. Chacune à sa façon, toutes deux semblaient une promesse vivante

d'innombrables délices, l'une innocente et empressée,
l'autre experte et vorace. La vérité est qu'il aurait aimé
les avoir toutes les deux — la Princesse en guise de
hors-d'œuvre, et la Reine comme plat de résistance.

« Choisissez-vous un maillot dans le vestiaire,
Mr Cornelius », disait Mrs Aziz, aussi allai-je me
changer dans la cabine, et quand j'en ressortis,
ils étaient déjà tous trois en train de barboter. Je
plongeai et les rejoignis. L'eau était si froide que
j'en eu le souffle coupé.

« J'étais sûr que cela vous surprendrait, s'es-
claffa Mr Aziz. C'est de l'eau rafraîchie. Je la
maintiens à une température de dix-huit degrés.
Avec ce climat, c'est plus tonique. »

Plus tard, lorsque le soleil commença à bais-
ser sur l'horizon, nous nous attardâmes près de
la piscine sans quitter nos maillots trempés, tandis qu'un domestique nous servait des martinis
pâles et glacés, et ce fut alors que, très lentement, avec une circonspection extrême, j'entrepris de faire la conquête des deux femmes, selon
ma technique très personnelle. Normalement,
quand j'ai les coudées franches, cela ne présente
pour moi aucune difficulté majeure. Le curieux
petit talent dont le hasard m'a doté — le pouvoir d'hypnotiser les femmes par des mots — ne
me trahit que rarement. Ce n'est pas, bien
entendu, uniquement une question de mots.
Les mots eux-mêmes, anodins, superficiels, éma-

74

nent seulement de la bouche, tandis que le véritable message, la promesse effrontée et troublante qui, elle, émane de tous les membres et de tous les organes du corps, sont transmis par les yeux. Je ne puis honnêtement vous expliquer davantage comment cela se passe. Le fait est que c'est efficace. Aussi efficace qu'un aphrodisiaque. Je suis convaincu que je pourrais m'asseoir en face de la femme du Pape, s'il en avait une, et moins de quinze minutes plus tard, si je m'y employais, elle se pencherait vers moi pardessus la table, les lèvres entrouvertes et les yeux embrumés de désir. Certes il s'agit là d'un talent mineur ; non d'un grand, mais je rends néanmoins grâces au ciel qui me l'a conféré, et je me suis toujours efforcé de faire en sorte qu'il ne soit pas gaspillé.

Tous les quatre donc, les deux femmes merveilleuses, le petit homme, et moi-même, nous nous prélassions au bord de la piscine, assis en demi-cercle tout près les uns des autres, paressant dans nos chaises longues, sirotant nos verres et savourant sur nos peaux la tiédeur du soleil de cette fin d'après-midi. Je me sentais en forme. Je les fis beaucoup rire. L'histoire de la gloutonne duchesse de Glasgow, qui avait été piquée par un de mes scorpions en puisant dans la boîte de chocolats, plongea la fille dans une telle joie qu'elle en tomba de sa chaise ; et lorsque je décrivis en détail l'intérieur de ma ferme à araignées dans mon jardin des environs de Paris, les deux dames commencèrent à se trémousser de dégoût et de plaisir.

Ce fut à ce stade que je sentis que Mr Aziz m'observait d'un regard pétillant de malice. « Tiens, tiens, semblaient dire les yeux, nous sommes heureux de voir que les femmes ne vous laissent pas tout à fait aussi indifférent que vous avez essayé de nous le faire croire dans la voiture... Ou serait-ce, qui sait, que cette ambiance aimable vous aide enfin à oublier votre grand chagrin... » Mr Aziz m'adressa un sourire, exhibant ses dents d'une blancheur parfaite. Le sourire était amical. Extraordinairement amical, ce petit bonhomme. Il était authentiquement ravi des attentions que je prodiguais à ces dames. Jusque-là, donc, parfait.

Je glisserai très vite sur les quelques heures qui suivirent, car ce ne fut pas avant minuit qu'il m'arriva quelque chose de véritablement extraordinaire. Quelques notes brèves suffiront à rendre compte de la période intermédiaire :

À sept heures, nous quittâmes tous ensemble la piscine et rentrâmes nous changer pour dîner.

À huit heures, nous nous retrouvâmes dans le grand salon pour de nouveaux cocktails. Les deux femmes étaient l'une et l'autre somptueusement parées et étincelaient de bijoux. Toutes deux portaient des robes du soir largement échancrées et sans manches qui provenaient, sans l'ombre d'un doute, de chez un grand couturier de Paris. Mon hôtesse était en noir, sa fille en bleu pâle, et l'odeur de l'enivrant parfum les enveloppait de toutes parts. Quelles beautés, ces deux femmes ! L'aînée avait cette légère voussure des épaules que l'on ne voit qu'aux femmes les plus passionnées et les plus expérimentées ; car de même qu'une cavalière finira par avoir les jambes arquées à force d'enfourcher ses montures, de même une grande amoureuse se retrouvera avec les épaules curieusement arrondies à force d'étreindre les hommes. C'est une déformation professionnelle, la plus noble qui soit.

La fille était encore trop jeune pour être déjà parée de cet étrange attribut, mais je me sentais comblé de pouvoir détailler à distance les contours de son corps et d'épier le voluptueux glissement de ses cuisses gainées par sa robe de soie tandis qu'elle évoluait dans la pièce. Une ligne de minuscule duvet doux et doré courait sur toute la longueur de son dos nu, et chaque fois que je me trouvais derrière elle, j'avais peine à repousser la tentation d'effleurer du bout des doigts ses charmantes vertèbres.

À huit heures trente, nous passâmes à la salle

à manger. Le dîner qui suivit fut un vrai festin, mais je ne perdrai pas de temps à décrire ici ni les mets ni les vins. Tout au long du repas je continuai très délicatement et insidieusement à faire vibrer les deux femmes, en faisant appel à toute mon habileté ; et lorsque arriva le dessert, elles fondaient sous mes yeux comme beurre au soleil.

Le dîner terminé, nous regagnâmes le salon où nous attendaient le café et le cognac, puis, à la suggestion de mon hôte, nous fîmes quelques parties de bridge.

Plus la soirée s'avançait, plus j'avais la certitude d'avoir bien employé mon temps. Le bon vieux charme ne m'avait pas trahi. L'une comme l'autre étaient mûres pour me tomber dans les bras, ce n'était qu'une question de conjoncture. Sur ce point je ne me faisais pas d'illusions. C'était un fait, flagrant, manifeste. Cela crevait les yeux. Le visage de mon hôtesse brillait d'excitation, et chaque fois qu'elle me regardait par-dessus le tapis vert, ses immenses yeux noirs au regard velouté s'écarquillaient encore, les narines se dilataient et la bouche s'ouvrait légèrement, révélant le bout d'une langue rose et humide dardée entre les dents. Un geste merveilleusement lascif, qui plus d'une fois me fit louper mon atout. La fille était moins hardie, mais tout aussi directe. Chaque fois que son regard croisait le mien, souvent croyez-moi, elle haussait imperceptiblement les sourcils, d'une fraction de centimètre, comme pour poser une question ; puis elle laissait échapper un petit sourire plein de malice, qui fournissait la réponse.

« Je crois qu'il est l'heure que nous allions tous au lit, dit soudain Mr Aziz, en consultant sa montre. Il est onze heures passées. Venez, mes chéries. »

Une chose bizarre se produisit alors. Sur-le-champ, sans hésiter une seconde ni m'octroyer un dernier coup d'œil, les deux femmes se levèrent et se dirigèrent vers la porte ! Ce fut stupéfiant. J'en restai abasourdi. Je ne sus que penser. Je n'avais jamais vu une sortie si rapide. Pourtant, ce n'était pas comme si Mr Aziz avait été en colère. Sa voix, à mes oreilles en tout cas, avait paru plus affable que jamais. Mais déjà il éteignait les lampes, montrant clairement qu'il souhaitait que je me retire moi aussi. Quel coup ! J'avais nourri l'espoir que soit la femme soit la fille me chuchoterait quelques mots à l'oreille avant que nous nous séparions pour la nuit, ne fût-ce que trois ou quatre mots rapides pour me dire où aller et quand ; mais en définitive, voilà que je me retrouvais planté comme un idiot près de la table de bridge pendant que les deux dames quittaient la pièce sans se retourner.

Mon hôte et moi les suivîmes à l'étage. Sur le palier du premier, la mère et la fille se tenaient côte à côte, elles m'attendaient.

« Bonne nuit, Mr Cornelius », dit mon hôtesse.

« Bonne nuit, Mr Cornelius », dit la fille.

« Bonne nuit, mon cher, dit Mr Aziz. J'espère que vous avez tout ce qu'il vous faut. »

Ils me laissèrent seul, et il ne me resta plus qu'à me remettre à gravir, lentement, à regret, le deuxième étage pour rejoindre ma chambre. J'entrai et refermai la porte. Les épais rideaux de brocart avaient déjà été tirés par les soins d'un des domestiques, mais je les rouvris et me penchai à la fenêtre pour contempler un moment la nuit. L'air était calme et chaud, et une lune éclatante inondait le désert. En bas, au clair de lune, la piscine ressemblait vaguement à un énorme miroir posé à plat sur la pelouse, et je voyais à côté les quatre chaises longues où tout à l'heure nous nous étions prélassés.

Bien, bien, pensai-je. Et maintenant, qu'est-ce qui se passe ?

Il y avait en tout cas une chose que dans cette maison, je le savais, jc ne pouvais me permettre de faire, sortir de ma chambre pour rôder dans les couloirs. Ç'aurait été du suicide. J'avais appris à mes dépens bien des années auparavant qu'il existe trois races de maris avec lesquels il ne faut jamais prendre de risques inutiles — les

80

bulgares, les grecs et les syriens. Ni les uns ni les autres, j'ignore pourquoi, ne se formalisent si l'on flirte ouvertement avec leurs femmes, mais qu'ils vous surprennent en train de les rejoindre au lit, ils vous tueront sur-le-champ. Mr Aziz était syrien. En conséquence une certaine dose de prudence s'imposait, et si maintenant quelqu'un devait prendre une initiative, ce n'était pas moi, mais l'une des deux femmes, car elle seulement (ou elles) saurait exactement ce qu'il était dangereux ou sans danger de faire. Pourtant je devais admettre qu'après avoir vu de mes yeux la manière dont mon hôte les avait toutes deux fait rentrer dans le rang quatre minutes plus tôt, je ne conservais guère d'espoir que quelque chose se passe dans l'immédiat. L'ennui, cependant, c'était que je me sentais maintenant le diable au corps.

Je me déshabillai et pris une longue douche froide. Cela me soulagea. Puis, comme je n'ai jamais pu dormir dans une chambre éclairée par la lune, je m'assurai que les rideaux étaient de nouveau étroitement tirés. Je me fourrai au lit et reprenant mon Gilbert White, me replongeai pendant une bonne heure dans la lecture de l'*Histoire naturelle de Selborne*. Cela aussi me soulagea, et enfin, entre minuit et une heure du matin, vint un moment où je fus capable d'éteindre ma lampe et de me préparer à m'endormir sans me consumer en vains regrets.

Je commençais tout juste à m'assoupir lorsque j'entendis des sons quasi imperceptibles. Je les reconnus sur-le-champ. Ces sons, je les avais entendus bien souvent dans ma vie, et pourtant ils restaient toujours, pour moi, les plus excitants et les plus suggestifs du monde. Il s'agissait d'une succession de cliquetis étouffés, de petits grincements de métal contre métal, et ils étaient produits, ils étaient toujours produits par une main qui, très lentement, très précautionneusement, tournait de l'extérieur la poignée d'une porte. D'emblée, je me retrouvai tout éveillé. Mais je ne bougeai pas. J'ouvris simplement les yeux et braquai mon regard en direction de la porte ; je me souviens encore d'avoir, à cet instant précis, regretté qu'il n'y eût pas d'interstice dans le rideau, pour laisser filtrer ne fût-ce qu'un mince rai de lune qui m'aurait au moins permis d'entrevoir l'ombre de la charmante silhouette sur le point d'entrer. Mais la chambre était noire comme une oubliette.

Je n'entendis pas la porte s'ouvrir. Pas un gond ne grinça. Mais soudain une bouffée d'air frais balaya la chambre et agita les rideaux, et quelques instants plus tard j'entendis le son mat du bois frottant contre le bois tandis que quelqu'un refermait avec précaution la porte. Puis ce fut le cliquetis du loquet lorsqu'on libéra la poignée.

Ensuite, sur la pointe des pieds, quelqu'un s'avança sans bruit sur le tapis.

Une horrible seconde, l'idée m'effleura qu'il s'agissait peut-être de Mr Abdul Aziz en train de se glisser vers moi, un long couteau à la main, mais soudain un corps chaud et moelleux se pencha au-dessus du mien tandis qu'une voix de femme me murmurait à l'oreille : « Pas un bruit ! »

« Ma chérie, ma bien-aimée, dis-je, en me demandant de laquelle il s'agissait, je savais bien que... » Instantanément sa main se plaqua sur ma bouche.

« *Je vous en prie !* chuchota-t-elle. *Pas un mot de plus !* »

Je n'ergotai pas. Mes lèvres avaient mieux à faire, ô combien. Les siennes aussi.

Ici je dois me taire. Ceci ne me ressemble pas du tout — je le sais. Mais pour une fois, une seule fois, je voudrais que l'on me dispense de décrire en détail l'extraordinaire scène qui suivit. J'ai de bonnes raisons pour ce faire et vous implore de les respecter. De toute façon, cela ne vous fera pas de mal, pour une fois, de devoir faire appel à votre imagination que, si vous le souhaitez, je suis prêt à stimuler un peu en disant simplement, et très sincèrement, que parmi les milliers et les milliers de femmes que j'ai connues en mon temps, aucune n'a jamais provoqué en moi des transports d'extase aussi intenses que ne le fit cette dame du Sinaï. Sa dextérité était stupéfiante. Sa passion était intense. Son imagination incroyable. À la moindre sollicitation, elle réagissait par quelque initiative inédite et compliquée. Et pour couronner le tout, elle possédait la technique la plus raffinée et la plus mystérieuse qu'il m'eût été donné de rencontrer. C'était une grande artiste. C'était un génie.

Tout ceci, vous direz-vous sans doute, indiquait clairement que ma visiteuse ne pouvait être que l'aînée des deux femmes. Vous vous tromperiez. Cela ne prouvait rien. L'authentique génie est un don de naissance. Il n'a pratiquement rien à voir avec l'âge ; et je vous garantis que, la chambre se trouvant plongée dans l'obscurité, je n'avais aucun moyen de savoir avec certitude à laquelle des deux j'avais affaire. Je n'aurais pas parié un sou ni dans un sens ni dans l'autre. À certains moments, au terme d'une séquence particulièrement tumultueuse, j'étais convaincu qu'il s'agissait de l'épouse. *Il ne pouvait s'agir que de l'épouse !* Puis soudain le rythme se mettait à changer du tout au tout et la mélodie se faisait si enfantine et si innocente que j'en arrivais à jurer qu'il s'agissait de la fille. *Il ne pouvait s'agir que de la fille!*

Affolant de ne pouvoir connaître la réponse. J'étais au supplice. En même temps je me sentais humilié, car, après tout, un connaisseur, un connaisseur suprême, devrait toujours être capable de deviner le millésime du cru qu'il savoure sans regarder l'étiquette. Mais il n'y avait pas à dire, celle-ci me rivait mon clou. À un certain moment, je pris mon paquet de cigarettes, espérant résoudre le mystère en frottant une allumette, mais rapide comme l'éclair, sa main jaillit, et, m'arrachant cigarettes et allumettes, les lança à l'autre bout de la pièce. Plus d'une fois, je me risquai à lui chuchoter la question à l'oreille, mais je n'avais pas prononcé trois mots que de nouveau la main jaillissait et se plaquait sur ma bouche. Plutôt violemment, d'ailleurs.

Très bien, me dis-je. Laissons faire pour l'instant. Demain matin, en bas et à la lumière du jour, je saurai à coup sûr laquelle de vous c'était. L'éclat de son visage, la façon dont ses yeux me rendront mon regard, et cent autres petits détails révélateurs me le diront. Comme me le diront aussi les marques que mes dents ont imprimées à la base de son cou, à gauche au-dessus du décolleté. Plutôt astucieuse, cette idée, me disais-je, et minutée de façon si parfaite —

ma féroce morsure avait été administrée à l'apogée de ses transports de passion — que pas une seconde elle n'avait eu le moindre soupçon.

Ce fut à tout prendre une nuit des plus mémorables, et quatre heures au moins s'écoulèrent avant que, me gratifiant auparavant d'une ultime et vorace étreinte, elle ne se faufile hors de la pièce aussi prestement qu'elle y était entrée.

Le lendemain matin je ne m'éveillai pas avant dix heures. Je sortis du lit et ouvris les rideaux. Une nouvelle journée chaude et radieuse s'annonçait sur le désert. Je m'attardai dans mon bain, puis m'habillai avec mon soin coutumier. Je me sentais détendu et plus en forme que jamais. L'idée que je demeurais capable, à quarante ans passés, d'attirer une femme dans ma chambre grâce au seul pouvoir de mes yeux, me comblait de bonheur. Et quelle femme ! J'étais fasciné à la perspective de découvrir de laquelle il s'agissait. Je n'allais plus tarder à savoir.

Lentement, je descendis les deux étages.

«Bonjour, mon cher ami, bonjour ! me lança Mr Aziz du salon, en quittant le petit bureau où il était occupé à écrire. Avez-vous passé une bonne nuit ?

— Excellente, merci », répondis-je, en m'efforçant de ne pas laisser percer ma fatuité.

Il s'approcha et se posta tout près de moi, souriant de toutes ses dents blanches. Ses petits yeux perspicaces se posèrent sur mon visage et le parcoururent lentement, comme pour y chercher quelque indice.

« J'ai de bonnes nouvelles pour vous, dit-il. On m'a téléphoné de B'ir Rawd Salim il y a cinq minutes, pour m'avertir que le camion postal a apporté votre courroie de ventilateur. La voiture sera prête dans une heure. Aussi, sitôt que vous aurez pris votre petit déjeuner, je vous ramènerai et vous pourrez reprendre votre route. »

Je me confondis en protestations de gratitude.

« Nous serons navrés de vous voir partir, dit-il. Votre visite inattendue nous a causé à tous un immense plaisir, un immense plaisir. »

Je pris mon petit déjeuner seul dans la salle à manger. Puis je regagnai le salon pour fumer une cigarette tandis que mon hôte continuait sa correspondance à son bureau.

« Pardonnez-moi, dit-il. J'ai une ou deux petites choses à terminer. Je ne serai pas long. J'ai donné l'ordre que l'on prépare votre valise et qu'on la mette dans la voiture, ce qui fait que vous n'avez à vous soucier de rien. Asseyez-vous et finissez tranquillement votre cigarette. Les dames devraient descendre d'une minute à l'autre. »

L'épouse se montra la première. Elle fit une entrée majestueuse, plus que jamais digne de l'éblouissante reine Sémiramis du Nil, et la première chose que je remarquai fut le foulard de tulle vert pâle noué négligemment autour de son cou! Négligemment, mais avec soin! Avec tant de soin qu'il dissimulait complètement le cou. La femme se dirigea droit vers son mari et l'embrassa sur la joue. «Bonjour, mon chéri», dit-elle.

Tu me fais une belle hypocrite, ma salope, pensai-je.

«Bonjour, *bonjour*, Mr Cornelius, me lança-t-elle gaiement, en s'installant dans le fauteuil voisin du mien. Avez-vous bien dormi? J'espère que vous aviez tout ce qu'il vous fallait.»

Jamais de ma vie je n'avais vu des yeux de femme briller d'un éclat comparable, ni un tel rayonnement de plaisir embraser un visage.

«J'ai passé une nuit excellente, vraiment, merci à *vous*», répondis-je, en lui montrant que je savais.

Elle sourit et alluma une cigarette. Je jetai un coup d'œil en direction de Mr Aziz toujours assis à son bureau et absorbé par sa correspondance. Il nous tournait le dos et ne nous prêtait pas la moindre attention. Il était, me dis-je, exactement pareil à tous les autres pauvres types que j'avais cocufiés. Pas un qui acceptât de croire que cela pouvait lui arriver, en tout cas pas sous son nez.

« Bonjour, tout le monde ! lança la fille, en faisant une entrée pleine d'entrain. Bonjour, papa ! Bonjour, maman ! » Elle les gratifia chacun d'un baiser. « Bonjour, Mr Cornelius ! » Elle portait un pantalon de toile rose et un corsage rouille, et que le diable m'emporte si elle aussi n'arborait pas un foulard négligemment mais soigneusement noué autour du cou ! Un foulard de tulle !

« Avez-vous passé une nuit supportable ? » demanda-t-elle, en se perchant comme une jeune mariée sur le bras de mon fauteuil, et s'arrangeant pour que l'une de ses cuisses frôle mon avant-bras. Je me calai contre mon dossier et posai sur elle un regard attentif. Elle me rendit mon regard et m'adressa un clin d'œil. Parole, elle m'adressa un clin d'œil ! Tout comme ceux de sa mère, son visage rayonnait et ses yeux pétillaient, et si faire se peut, elle paraissait encore plus contente d'elle-même que l'aînée.

Je ne savais plus où j'en étais. Seule l'une des deux avait une morsure à cacher, et pourtant toutes deux s'étaient couvert le cou d'un foulard. J'admettais qu'il pouvait s'agir d'une simple coïncidence mais à première vue, j'étais enclin à croire qu'il s'agissait d'un complot. Je les soupçonnais de s'être toutes deux liguées pour m'empêcher de découvrir la vérité. Mais quelle histoire extraordinaire et tordue ! Et dans quel but, tout ça ? Et de quelles autres étranges façons, étais-je en droit de demander, complotaient-elles et intriguaient-elles de concert ? Avaient-elles tiré à pile ou face la veille au soir, ou quoi ? Ou s'offraient-elles tout simplement les visiteurs à tour de rôle ? *Il fallait* que je revienne, me dis-je, que je leur rende dès que possible une nouvelle visite dans le seul but de me rendre compte de ce qui se passerait la prochaine fois. En fait, pourquoi ne ferais-je pas tout exprès un saut en voiture d'ici un jour ou deux. Il ne me serait pas difficile, j'étais prêt à le parier, de me faire inviter de nouveau.

« Êtes-vous prêt, Mr Cornelius ? demanda Mr Aziz, en quittant son bureau.

— Tout à fait prêt », répondis-je.

Les dames, tout sourires et tout onction, ouvrant la marche, nous gagnâmes le devant de la maison où attendait la grosse Rolls-Royce. Je leur baisai la main et leur murmurai à chacune un million de mercis. Puis je grimpai sur la banquette avant à côté de mon hôte et nous démarrâmes. La mère et la fille agitèrent la main. Je baissai la vitre et agitai la mienne en retour. Puis nous sortîmes du jardin, ce fut le désert, et nous suivîmes la piste jaune et rocailleuse qui longeait le pied du mont Maghara, tandis que défilaient les poteaux télégraphiques.

Pendant le trajet, mon hôte et moi ne cessâmes de bavarder agréablement à bâtons rompus. Je me mettais en quatre pour me montrer aussi aimable que possible, mon unique but étant maintenant de décrocher une nouvelle invitation. Si je ne réussissais pas à ce que ce soit *lui* qui me demande à *moi* de revenir, alors il faudrait que ce soit *moi* qui le lui demande à *lui*. J'étais décidé à le faire, mais en dernier ressort. «Au revoir, mon cher ami, dirais-je, en lui sautant chaleureusement au cou. Puis-je me faire le plaisir de passer vous dire bonjour si le hasard me ramène par ici ?» Et bien entendu, il dirait oui.

«Alors qu'en pensez-vous, ai-je exagéré en vous disant que ma fille était belle ? demanda-t-il.

— Vous étiez en deçà de la vérité, dis-je. Elle est d'une beauté affolante. Croyez-moi, je vous félicite. Mais votre femme est tout aussi charmante. En fait, entre elles deux, j'ai bien failli perdre la tête, ajoutai-je en riant.

— C'est bien ce que j'ai cru remarquer, dit-il, en faisant chorus à mon rire. Ce sont deux coquines. C'est fou ce qu'elles adorent flirter. Mais pourquoi m'en formaliserais-je ? Il n'y a pas de mal à flirter.

— Pas le moindre, renchéris-je.

— Je trouve ça gai et amusant.

— C'est charmant », dis-je.

Il nous fallut moins d'une demi-heure pour rejoindre la grand-route Ismaïlia-Jérusalem. Mr Aziz engagea la Rolls sur le ruban de goudron noir et, à cent dix à l'heure, mit le cap sur le poste d'essence. Encore quelques minutes et nous y serions. J'entrepris donc de me rapprocher un peu de mon but, une nouvelle visite, et essayai discrètement de provoquer une nouvelle invitation. « Votre maison m'a conquis, je ne cesse d'y penser, dis-je. Je la trouve tout simplement merveilleuse.

— Elle est agréable, n'est-ce pas ?

— Je suppose pourtant qu'il vous arrive de vous y sentir bien isolés, par moments, tous les trois en tête à tête ?

— Ce n'est pas pire qu'ailleurs, dit-il. Les gens se sentent seuls où qu'ils soient. Un désert, une grande ville — en fait, il n'y a pas une telle différence. Mais nous recevons des visites, vous savez. Vous seriez surpris de savoir le nombre de gens qui passent nous voir de temps à autre. Comme vous, par exemple. Nous avons été enchantés de vous avoir parmi nous, mon cher.

— Je ne l'oublierai jamais, dis-je. Il est rare de nos jours de trouver une affabilité et une hospitalité aussi chaleureuses que les vôtres. »

Je m'attendais à ce qu'il me dise de revenir, mais il n'en fit rien. Un petit silence se glissa entre nous, un petit silence un peu embarrassé.

Pour le rompre, je dis : « Je crois qu'en fait d'amour paternel, je ne connais pas d'exemple plus touchant que celui que vous donnez.

— Moi ?

— Oui. Avoir fait construire une maison là-bas à l'écart de tout et y vivre uniquement par amour de votre fille, pour la protéger. Je trouve ça extraordinaire. »

Je le vis sourire, mais ses yeux ne quittèrent pas la route et il ne dit rien. Le poste d'essence et le groupe de gourbis étaient maintenant en vue, deux kilomètres environ devant nous. Le soleil était haut et la température montait à l'intérieur de la voiture.

« Il n'y a pas beaucoup de pères qui seraient capables de s'oublier à ce point », insistai-je.

Il sourit de nouveau, mais, cette fois, me sembla-t-il, non sans quelque embarras. Puis il dit : « Je n'ai pas *tout à fait* autant de mérite qu'il vous plaît de m'en attribuer, vraiment pas. Pour être parfaitement honnête avec vous, cette jolie personne qui est ma fille n'est pas l'unique raison qui me pousse à vivre dans cette solitude sublime.

— Je le sais.

— Vraiment ?

— Vous me l'avez dit. Vous m'avez dit que l'autre raison était le désert. Que vous l'aimiez, je vous cite, comme un marin aime la mer.

— C'est vrai, je m'en souviens. Et c'est tout à fait exact. Mais il y a en outre une troisième raison.

— Oh, et laquelle ? »

Il ne me répondit pas. Les mains sur le volant et les yeux rivés sur la route, il demeurait rigoureusement immobile.

« Je suis désolé, m'excusai-je. Je n'aurais pas dû poser la question. Cela ne me regarde pas.

— Non, non, il n'y a pas de mal, se récria-t-il. Ne vous excusez pas. »

Je contemplais le désert à travers la vitre. « Je trouve qu'il fait plus chaud qu'hier, dis-je. Je parie qu'il fait déjà bien au-dessus de trente-cinq.

— Oui. »

Je le vis s'agiter un peu sur son siège, comme pour s'installer plus confortablement, puis il reprit : « Dans le fond, je ne vois pas pourquoi je ne vous dirais pas la vérité au sujet de cette maison. Vous ne me faites pas l'impression d'être cancanier.

— Certainement pas », l'assurai-je.

Nous étions tout près du poste à essence maintenant, et il avançait presque au pas pour se donner le temps de dire ce qu'il avait à dire. Je voyais les deux Arabes debout près de ma Lagonda, ils nous observaient.

« Cette fille, dit-il enfin, celle que vous avez vue — ce n'est pas mon unique fille !

— Oh, vraiment ?

— J'en ai aussi une autre, de cinq ans son aînée.

— Et tout aussi belle, je n'en doute pas, dis-je. Où vit-elle ? À Beyrouth ?

— Non, elle habite la maison.

— Quelle maison ? Pas celle que nous venons de quitter ?

— Si.

— Mais je ne l'ai pas aperçue !

— Eh bien, dit-il en se retournant brusquement pour m'épier, peut-être que non, en effet.

— Mais pourquoi ?

— Elle a la lèpre. »

Je fis un bond.

« Oui, je sais, dit-il, c'est une chose terrible. Et en plus, la pauvre, elle a la pire forme de lèpre qui soit, la lèpre anesthésique, comme on l'appelle. C'est une forme maligne pratiquement impossible à guérir. Si seulement il s'agissait de la forme tuberculeuse, ce serait beaucoup plus facile. Mais ce n'est pas le cas, et personne n'y peut rien. Aussi lorsque quelqu'un nous rend visite, elle ne quitte pas sa chambre, au troisième étage... »

Je suppose que ce fut alors que la voiture s'arrêta devant le poste d'essence, parce qu'en fait, je me souviens seulement que Mr Aziz était assis là et qu'il me regardait avec ses petits yeux noirs et rusés, et qu'il me disait : « Mais mon cher ami, inutile de vous inquiéter ainsi. Calmez-vous, Mr Cornelius, calmez-vous ! Vous n'avez absolument rien à redouter. Ce n'est pas une maladie très contagieuse. Pour l'attraper, il faudrait avoir eu des contacts très *intimes* avec la malade... »

Je descendis de la voiture très lentement et restai là en plein soleil. L'Arabe au visage ravagé me souriait et il dit : « Ça y est, courroie montée maintenant. Tout en ordre. » Je plongeai la main dans ma poche pour prendre mes cigarettes, mais ma main tremblait si violemment que je lâchai le paquet. Je me baissai pour le ramasser. Puis j'y puisai une cigarette et parvins à l'allumer. Lorsque je relevai les yeux, la Rolls-Royce verte était déjà à huit cents mètres de distance et s'éloignait rapidement.

Composition et impression Bussière
à Saint-Amand (Cher),
le 26 novembre 2002.
Dépôt légal : novembre 2002.
1ᵉʳ dépôt légal dans la collection : avril 2002.
Numéro d'imprimeur : 26797.
ISBN 2-07-042315-8./Imprimé en France.

122029